講談社文庫

潜入　味見方同心㈢

五右衛門《ごえもん》の鍋

風野真知雄

JN053625

講談社

目次

第一話　あんこ豆腐　七
第二話　海たぬき　七一
第三話　おやじのおじや　一三七
第四話　五《ご》右《え》衛門《もん》鍋　一九三

主な登場人物

月浦魚之進《つきうらうおのしん》　頼りないが、気の優しい性格。将来が期待されながら何者かに殺された兄・波之進《なみのしん》の跡を継ぎ、味見方同心となる。

お静《しず》　豆問屋の娘。夫・波之進を亡くした後も月浦家に住む。素朴な家庭料理が得意。

月浦壮右衛門《そうえもん》　波之進と魚之進の父。月浦家は代々、八丁堀の同心を務める。

本田伝八《ほんだでんぱち》　魚之進と同じ八丁堀育ちの養生所詰め同心。学問所や剣術道場にもいっしょに通った親友。二人とも女にもてない。

市川一角《いちかわいっかく》　南町奉行所定町回り同心。五十過ぎの長老格。

十貫寺隼人《じっかんじはやと》　南町奉行所吟味方同心。亡き波之進の好敵手と言われた。

安西佐々右衛門《あんざいささえもん》　南町奉行所市中見回り方与力。

筒井和泉守《つついいずみのかみ》　南町奉行。波之進の跡継ぎとして魚之進を味見方に任命。

麻次《あさじ》　四谷辺りが縄張りの岡っ引き。猫好き。

中野石翁《なかのせきおう》　大名が挨拶に行くほどの隠の実力者。将軍家斉の信も篤い旗本。

北大路魯明庵《きたおおじろめいあん》　売り出し中の美味品評家。超辛口だが評価は的確。身分は武士。

潜入　味見方同心㈢

五右衛門の鍋

第一話　あんこ豆腐

一

南町《みなみまち》奉行所味見方同心の月浦魚之進《つきうらうおのしん》は、岡っ引きの麻次《あさじ》とともに千代田《ちよだ》のお城にやって来た。

昨日、調べの手伝いをしていた下っ引きの万吉《まんきち》が殺された件が気になっているが、当然のことながら、お城の用を優先させなければならない。

万吉殺しは、先輩同心の市川一角《いちかわいっかく》が担当してくれることになった。むしろ、これで本格的に町方が関与することになり、魚之進は、そのほうが亡き兄の嫁・お静《しず》の実家である〈大粒屋《おおつぶや》〉にとってはありがたいかもしれないと思った。殺された万吉は不憫《ふびん》だったが。

いっしょに来た麻次は、着慣れない紋付の羽織《はおり》姿で、がちがちに緊張している。町人が城に上がるのだから、緊張は当たり前だろうが、それでも初めてお城に来たときの魚之進ほどではない。魚之進の場合は、生きた心地がしていなかった。

「旦那。皆さん方は、向こうに行かれるようですが？」

麻次は大手門《おおてもん》のほうを指差して訊《き》いた。裃《かみしも》姿の武士たちが、ぞろぞろと、目に見えないムチでしばかれているみたいに、元気のない足取りで歩いて行く。

「うん。あっちはちゃんとした勤めの武士の出入り口なんだ。おいらたちは下っ端というか、臨時雇いみたいなもので、向こうの門から出入りするのさ」

「そういうことですか」

平河門《ひらかわもん》にやって来て、門番に名を告げると、今回はすでに伝えられていたらしく、

「直接、中奥の台所のほうに来るようにとのことです」

「あい、わかった」

門をくぐり、坂を上り、さらに門番がいるところを抜けて、どんどん進んで行く。石畳の通路の周囲は、樹木や植栽で囲まれ、手入れが行き届いているので、庭園を散策しているみたいである。だが、じっさいの庭園と違って、ちっとも気持ちは安らがないのだが。

「さすがに厳重で複雑な造りですね。旦那はよく迷わないもんだ」

「おいらは今日で三回目だからな」

中奥の台所の入口に来ると、御膳奉行の社家《しゃけ》権之丞《ごんのじょう》が、今日も朝から毒を飲んでしまったみたいな冴《さ》えない顔色で、魚之進を待っていた。

「大丈夫ですか、社家さま？」

魚之進は思わず訊いた。

「え？　わし、顔色悪いか？」

「いや、まあ……」

悪いけど、正直にうなずくのもはばかられ、

「お具合でも悪いので？」

「たぶん。悪いというほどではないと思うが、なにせこういう仕事をしていると、少しずつ盛られた毒が溜《た》まっていたとしても、不思議はないわな」

「はあ」

と、とぼけた返事をしたが、それは充分考えられる。

「松武《まつたけ》みたいな頑丈な男があんなことになったのは衝撃だった」

毒殺された社家の同僚の鬼役松武欽四郎《きんしろう》のことである。

「それはそうでしょう」

「だが、逆に体格がよかった松武だから、死ぬほど口にしたのかもしれぬ。わしだったら、口に入れただけで気絶してたかもしれぬ」

「ははあ」

「そういうことを考え出すと、夜も眠れなくてな」

立っているのもしんどいのか、近くの壁に手を当て、もたれるようにした。

「そうだろうとお察しします」

「町方の人間は優しいな。城の者は皆、冷たいもんだぞ。自分の出世のことしか考えてないからな。これはないしょの話だぞ」

社家はそう言って、人差し指を口にあてた。鬼役もいろいろ大変らしい。

「わたしもできるだけのことはしますので」

「うむ。なんなら鬼役を代わってくれてもよいぞ」

「いや、それはまずいですよ。それより、この者はわたしの手足として動いてもらう、岡っ引きの麻次という者でして」

「ど、どうか、よろしくお願い奉ります」

麻次はどもりながらも、きちんと頭を下げた。

「あいわかった。よろしく頼むぞ」

「それで、社家さま。警戒のほうは考えていただきましたか？」

魚之進が訊いた。

「うむ。そなたに言われてから、こっちでもいろいろ検討し、台所を常時、二人の見張りが監視することになった」

「ははあ」

いままでいなかったのが不思議である。

「二つの出入り口を見張っている。これで充分ではないか？」

「交代の人員は何人です？」

「三交代にして、六人を担当にした」

「はい、人員は充分だと存じます。それと、表の出入り口にも立たせていますが、あそこに立つよりは、台所内を始終、見回って監視するほうがよろしいかと。すると、たくらみのある者は警戒して、怪しいそぶりを取ることになります。それは、外側の見張りの方にも、目に触れやすくなるはずです」

「なるほど。それはよい。うむ、そうしよう」

「ありがとうございます」

「さすがに専門家だな」

「いやあ」

「それで、今日は大奥の女中にも会ってもらうぞ」

「大奥の……」

魚之進の顔が引きつって、頬がぴくぴくした。

「そんなに喜ぶな、町方」

「いや、喜んでなど」

「なにせ、女の園であるうえに、美人の寄せ集めだからな。うっくっく」

悪かった社家の顔色に、サッと赤みが差した。すけべ心は薬になるらしい。

「さ、ついてまいれ」

魚之進は激しい緊張に襲われ、手足の動きが酔っ払った馬みたいにばらばらになった。

「旦那。大丈夫ですか」

麻次が訊いた。

「うん」

大丈夫なわけがない。

二

中奥と大奥のあいだに、広敷《ひろしき》と呼ばれる一画があり、ここには広敷伊賀者《いがもの》という警護の武士が詰めている。広敷伊賀者は、大奥から出る駕籠《かご》の警護もするので、町でも見かけることはあるが、ふだんはここにいるというのは魚之進も初めて知った。女の園とはいえ、まったく男がいないわけではないのだ。

「男もおられますな」

魚之進は少し安心して言った。

「このあたりはな。奥に行くほど男はいなくなる」

「台所は？」

「むろん奥のほうだ」

「はあ」

「だが、そこにも男がいないわけではない。管轄しているのは、いちおう奥御膳台所頭《おくごぜんだいどころがしら》という役職の武士だ。その下にも、武士や陸尺《ろくしやく》がいる。ただ、なにせ女の園だからな。男は猫に微笑《ほほえ》みかけられたネズミのように小さくなっていて、なにごとにも口を挟みにくいわけだ」

「そうですか」

広敷でしばらく待たされていると、奥からきれいな女中がやって来た。あまりの美貌に魚之進は、一瞬、

——お姫さまが来たのか。

と思ったが、

「御使番《おつかいばん》の女中だ」

と、社家がたいしたやつではないという調子で言った。

「台所を検分するのは？」

女中が訊いた。

「この者たちです」

社家が魚之進と麻次を指差した。

「じょ、じょろしくお願いします」

魚之進が挨拶したが、口がうまく回らないし、声は裏返ってしまう。

女中は「ぷっ」と軽く噴き、

「さ。参られい」

と、背中を向けた。

「町方。わしは入ることができぬので、あとは頼んだぞ」

社家が予想外のことを言った。てっきり、社家はずっと付き添ってくれると思っていたのだ。

「そ、そんな」

魚之進はますます緊張が高まる。これで麻次がいなかったら、泣き出したかもしれない。

「ほら、置いて行かれるぞ」

「あ、はい」

女中のあとを必死でついて行く。女中は後ろ姿もきれいで、しかもやたらといい匂いがする。中庭に沿った廊下で、庭もきれいなのだが、見ている余裕はない。足元がふわふわして、雲の上を歩いている心持ちである。

進んで行くと、

「あら、見たことない男が」

「ほんとに」

「なあに、どうして?」

などといった女の声が、横のほうから聞こえてくる。その声は弾んでいる。自分を見て、女の声が弾むなどというのは、人生で初めてのことである。

「台所を調べるらしいわ」

「そうなのね」

魚之進は、女たちの匂いや声だけで酔ったみたいな心持ちになっている。もう少ししたら、抑えが利かなくなって、踊り出してしまうのではないか。

ふと、女中の足が止まり、

「ここが台所です」

見ると、中奥の台所より広い土間があり、何人もの女中が動き回っていた。ただ、社家が言っていたように、男がいないわけではない。奥のほうに見えている座《ざ》敷《しき》に、武士が何人か座っている。だが、座ったようすは、売れない噺家《はなしか》みたいである。

「拝見します」

いつまでもぼーっとはしていられない。ようやく魚之進の気持ちが引き締まった。

土間には下りず、板の間のほうから土間を回り込むようにして、なかのようすを窺《うかが》った。中奥よりも鍋釜や食器の数も多いが、きれいに整理整頓できている。

「外部の方が見に来られるというので、掃除が大変でした」

と、女中は言った。

「そうですか」

「ふだんはもっと乱雑で」

「いや、このようにきれいにされていたほうが、不測の事態は防ぐことができます」

「そうなのね」

「中奥の御膳奉行のことは？」

「聞きました。大奥でも大変な騒ぎになりました」

「それで、警戒を厳重になさったことはございますか？」

「御膳係をこれまでの八名から十二名に増やし、うち四名は常時武装して見廻《みまわ》りをするようにいたしましたよ」

「武装して……」

よく見れば、なるほど鉢巻をして薙刀《なぎなた》を持った女中が、うろうろしていた。

「たいへん素晴らしいですな。とりあえず、警護の第一関門は合格といたしましょう」

「恐れ入ります」

「では、今日はこのあたりで」

一刻も早く、こんなところからは逃げ出したい。

「あら、もうお帰りになるの？」

女中は目を瞠《みは》った。

「ええ」

「もう、来ないの？」

「いえ、今後、三日に一度はお邪魔することになるかと」

「だったら、お茶でも飲んでいらしたら？」

「は？」

「いろいろ、お互いのことを知ったほうが仕事もしやすくなりますよ」

「いや、今日はほかに用事がありまして、そうはいきません」

「まあ、残念ね。それでは、大奥の土産を持たせるから、ちょっとお待ちを」

と言い、二人を置いて奥に引っ込んでしまった。

「旦那、お茶くらい飲んでもよかったんじゃないですか」

麻次が咎《とが》めるように言った。

「駄目だ。これ以上、ここにいたら、なにか粗相をしそうだ」

「じゃあ、もうちっと慣れてからということで」

麻次は勿体《もったい》なかったような顔をしている。

ここで待てみたいに言われたが、できるだけ隅のほうに行き、隠れるようにして待っていると、廊下を歩いてきた別の女中が、

「あんこ豆腐、まだ来ないのかしら」

と言った。すると、もう一人女中がいて、

「しっ。それは言わないの」

と小声で言った。なにやら意味ありげなやりとりである。

二人の女中は、魚之進がいるところとは逆に曲がって行ったので、こっちも見咎《みとが》められないし、二人の顔も見えなかった。

「聞いたか、麻次？」

「よく聞こえませんでした。なんと言ったので？」

「あんこ豆腐はまだ来ないのかと」

「あんこ豆腐？」

「知ってるか？」

「いやあ、聞いたことありませんよ」

あんこ豆腐とはなんなのか。豆腐のなかにあんこを入れたのか。あるいはあんこでつくった豆腐なのか。それは美味なのか。味見方としても、興味がそそられる。

さっきの女中がもどって来て、

「はい、これは大奥の手土産」

と手渡してくれたのは、紙包みだった。赤い文字で〈大奥玉手箱〉と書いてある。

「玉手箱？」

「なかは煙草《たばこ》です。吸っても急にお爺《じい》さんになったりはしないから、安心してくださいな。世話になったときにあげるものなの」

「では、ありがたく頂戴します」

包みは二つあるので、麻次の分ももらったらしい。

「ところで、あん……」

「なんです？」

「あ、いや、いいんです」

あんこ豆腐を知っているか訊こうとしたのだが、余計な騒ぎをつくるかもしれないと思い、やはり言わないでおくことにした。

「わたしは台所の清掃を管理する八重乃《やえの》といいます。あなたたちのお名前は？」

「月浦魚之進と申します」

「麻次でございます」

「では、今後ともよろしくお願いします」

「ははっ」

魚之進は深々と頭を下げた。

三

中奥の社家にも挨拶してから、城をあとにすることにした。来るときに通った道を歩きながら、

「大奥の女中はさすがにきれいなものですねえ」

と、麻次は言った。

「そうだな」

「福が来るような匂いをさせてましたね」

「福が来るような？」

「言うじゃねえですか、福来たる香りって」

「それを言うなら、馥郁《ふくいく》たる香りだろ。ま、福が来るようなのほうが面白いか」

「あの八重乃さまはお幾つくらいと思います？」

「いくつだろう？」

お静よりは歳上《としうえ》のように思えるが、女の歳はわからない。

「あっしは二十五と見ました」

「ふうん」

「でも、あれだけきれいだと四十、五十になってもいい女でしょうね。勿体ないなあ」

「なにが？」

「いや、あんな女しかいないところで暮らすのがですよ。大奥に入ってしまうと、なかなか辞められねえって聞きますからね」

「そうなのか？」

「ええ。下手にもどすと、お城のなかのことをしゃべられるので、一度入った女はよほどじゃないと出られねえって聞きますぜ」

「ふうん」

町方のような下級武士だと、町人のほうがお城のことをよく知っていたりする。

平河門を出ると、

「これは麻次の分だ」

と、もらった煙草の包みを一つ、渡した。

「いいんですか?」

「もちろんだ」

「では、万吉に供えてやろうと思います。いまから、弔問に行こうと思ってますので」

「そりゃあいいや。おいらは、この裃を脱いでから、いったん奉行所に行き、それから遺体を持って行った麻布《あざぶ》に向かうよ」

「わかりました」

と、そこでいったん別れた。

八丁堀《はっちょうぼり》の役宅にもどると、まずは父の壮右衛門《そうえもん》に大奥土産を渡した。魚之進は煙草をほとんど吸わないが、父は愛煙家である。

「ほう。大奥玉手箱とは洒落《しゃれ》た名をつけたもんだ。そなた乙姫《おとひめ》に会ってきたのか?」

「たしかに竜宮城《りゅうぐうじょう》みたいなところかもしれませんね」

「ありがたく吸わせてもらおう。わしも、大奥のお女中の警護には何度か駆り出されたが、昔はこんなものはくれなかったがな」

「そうですか」

近ごろ始めたことかもしれなかった。

それから、着替えを手伝ってくれたお静に、

「姉さんは、あんこ豆腐って聞いたことはありますか？」

と訊いてみた。

「あんこ豆腐？　いや、初めて聞いたわ。そんなもの、あるの？」

「あるみたいなんですが、どういうものかはわかりません」

「あんかけ豆腐なら、上からあんをかけるけど、やはりあんこを上からかけるのかしらね？」

「どうなんでしょう」

「おまんじゅうみたいに、豆腐のなかに入れるってのもありかも」

「ああ、たぶん、そっちですよ」

あの女中の話は、なにやら秘密めかしていた。であれば、あんこ豆腐も外から見ただけではわからないようになっているのではないか。

着替えも終わり、魚之進が着流しに黒羽織というおなじみの同心姿になって、役

宅を出ようとすると、火打石で切り火を切ってくれたお静が、

「でも、うまくつくればおいしいかもね。小豆と大豆の組み合わせよね」

と言った。

「あ、ほんとですね」

約束はしなかったが、お静はあんこ豆腐をつくってくれそうな感じだった。

四

奉行所に入ると、ちょうど市川一角がもどったところだった。子飼いの御用聞きたちに、大粒屋周辺の聞き込みを命じ、いったん帰って来たという。

「まだ、なにもわからねえが」

と、市川は難しい顔で言った。

「それはそうでしょう。でも、市川さんたちが出入りすることで、敵も動きにくくなると思います」

「うむ。波之進《なみのしん》が生きているころは、なにもなかったらしいな」

「そうみたいです」

やはり、下手人はお静が町方のところに嫁に行ったことは知っていたのではないか。それで、お静が出戻ったので、脅迫を開始したのかもしれない。

「その前には、なにもなかったのかな。あるじはなにも知らないらしいが、先代はどうなのかだな」

「そうなんですが」

隠居はちょっとぼんやりしてきている。ただ、お静の話では、なにかあったとは聞いていないらしい。

「万吉はお前に頼まれて探るうち、なにか手がかりを摑《つか》んだために殺されたか」

「ええ」

「偶然、怪しいやつと鉢合わせして、口をふさがれたか」

「なるほど」

「どっちかだな」

「おいらはいまから万吉の弔問に行きますので、あいつの家もよく見て来ます」

「そうか。じゃあ、そっちはまかせたぞ」

魚之進が、隣の席を見ると、十貫寺《じっかんじ》隼人《はやと》は外に出ているらしい。殺しが起きると必ず関わりたそうにするのだが、今回は珍しくなにも言って来なかった。どうやら吉原《よしわら》でごたごたが起きているらしく、そっちにかかりきりらしかった。

魚之進は麻布にやって来た。

一之橋《いちのはし》近くの番屋で訊くと、へらへらの万吉は最近、引っ越して、一本松町《いっぽんまつちょう》の長屋にいたらしい。麻次にも伝えたので、そっちに行っているという。

一本松町というのは、麻布の高台にある。麻布は坂の町でもある。教えられた長屋は、一本松坂のなかほどで、傾斜がきつくなる手前の酒屋のわきの路地を入ったところにあった。日当たりのいいこぎれいな造りである。しかも、眺めがよく、一之橋から新堀川《しんぼりがわ》あたりがすぐそこに見えている。

忌中と書いた紙が貼られた簾《すだれ》の向こうをのぞくと、麻次と目が合った。紋付の羽織はどこかで脱いだらしい。あるいは借り物で、返しただけかもしれない。

まずは、なかに入って仏に手を合わせ、香典を手向《たむ》けた。隣に、女が座っていて、魚之進に頭を下げた。魚之進の依頼で殺されたのだから、少なくない香典の額を用意してきた。また、大粒屋からも手代が香典を持って来ていたようだった。さつきもらった大奥の煙草も供えてあった。葉が詰まった煙管《きせる》も置いてあるので、万吉はあの世で大奥の珍香を吸っていることだろう。

なかは狭いので、麻次に目配せして外に出てもらった。

「万吉はいいところにいたんだな」

と、魚之進は言った。

「ええ。あっしも知らなかったんですが、去年の暮れごろから、あの女と付き合うようになって、この家に転がり込んだそうです」

「へえ、女の家なのか、ここは」

四軒長屋が二棟、向かい合っていて、どこかから子どもの泣き声も聞こえていた。

「そうなんです。そういえば万吉のやつも、以前はもっと薄汚いなりをしていたんですが、こぎれいになってましたでしょ」

「そうだな」

「さっき話したんですが、けなげな女でしてね。万吉さんのあのおしゃべりが聞けないなんて、もうあたしの人生は火が消えたようなものだって」

「そうなんだ」

見るからにげっそりして、可哀《かわい》そうで声もかけにくかった。

万吉が手柄でも立てたら、女もさぞかし喜んだことだろう。

「ま、最後にいい思いもしてたんだったら、あっしもちっとは気が楽になります」

「そうだな。女の名は？」

「お絹《きぬ》っていいます」

「なに、してるんだ？」

「針仕事で刺繍《ししゆう》をするんだそうです。それで、番屋の番太郎《ばんたろう》から聞いたんですが、腕がよくて、越後屋《えちごや》だの白木屋《しろきや》だの一流の呉服店からもずいぶん注文が来ているそうです」

「へえ」

「それで、調べのことも聞いたんですが、あの野郎、大事な調べだから、お前にも話すことはできねえって、なにも言ってなかったそうです。まったく、見栄張《みえは》ったんでしょうが、いつもの調子で女にしゃべっていてもらいたかったですね」

「あいつの書き付けでもないか、調べるつもりだったが、無駄かな」

「ええ。あっしもさっき、万吉の持ち物を見せてもらいましたが、そういうのはなにもありませんでした」

「そうか」

手がかりの少ない調べになりそうだった。

五

万吉の家を出て、麻次とともに麻布から芝《しば》の日蔭町《ひかげちょう》までやって来たときである。

通りに面した豆腐屋の前に、人だかりがあった。

なにかと近づいて、

「どうした？」

と、立っていた男に声をかけた。

「これは町方の旦那。いや、てえしたことじゃあねえんですがね、ここは毎日、買いに来てる丸銀《まるぎん》って豆腐屋なんですが、開いてないんです。それで、この人が言うには、昨夜、一家そろって出て行ったというんで」

と、隣の女を指差した。

「そうなんです。あれは夜逃げですよ。真面目な商売をして、流行《はや》ってもいたんですが、なにか隠しごとでもあったんでしょうね。まったく、相談してくれたら、力になってやったんですがね」

女は顔を大げさにしかめながら言った。こういうのは、じっさい相談されたら、ほんとに力になったかはわからない。

「豆腐屋の夜逃げは珍しいかもな」

地道で、大きく損をするような商売ではないはずである。

だが、豆腐屋というのが気になる。むろん、大奥で聞いたあんこ豆腐の一件があるからである。

「大家はいないのか?」

「ここは、てめえの店ですよ」

自分の店をうっちゃって夜逃げというのは変である。

「そうか。では、ちと、なかを調べさせてもらうぞ」

魚之進は、周囲の野次馬を見回して言った。

表戸は固そうなので、裏に回り、こっちの戸を外した。

家のなかを見ると、きれいに片づいている。しばらく留守しても、なにかが腐って、変な臭いがしたりすることのないよう、桶《おけ》だの鍋だのはきれいに洗われ、水気を切って伏せて置いてある。

ただ、匂いがおかしい。

魚之進は鼻を鳴らして匂いを嗅ぎ、

「ん？　この匂いは？」

「ええ。あんこの匂いですね」

と、麻次が言った。

豆腐屋なのに小豆を煮た匂いが残っていた。あんこをつくったのではないか？

まだ外にいた近所の男に訊いた。

「この豆腐屋では、あんこもいっしょに売っていたのか？」

「いやあ、あんこなんざ売ってませんよ」

「だが、小豆を煮た匂いがしてるぞ」

「だったら、自分のところでお汁粉でもつくって食うつもりだったんじゃねえですか」

「この豆腐屋は古いのかい？」

「古いです。代々、豆腐屋をしてるはずです」

「味は？」

「ぴか一ですよ。ここの豆腐を食ったら、もうほかのは食えません」

「ほう。そんなに違うものか」

「まあ、旦那も食べてみてください」

「もどったら、食ってみるよ」

「公《おおやけ》にはしてませんが、お城にも豆腐を納めてたって噂《うわさ》ですぜ」

「ほう」

魚之進は、麻次と顔を見合わし、

「家族は何人いたんだ？」

「藤吉《とうきち》ってあるじと女房、まだ小さな男の子が二人いました。あ、それと、おっかさんもいましたね」

「借金があったとかは？」

「それはねえでしょう。借金取りが来ていたら、近所の者はすぐにわかりますから」

「そうだな」

ここにいる者は、誰も丸銀一家がいなくなる理由はわからなかった。

暮れ六つに役宅にもどると、案の定、お静があんこ豆腐をつくっていた。

「もう、つくったのですか？」

「早いほうがいいでしょ」

「それはそうですが、誰にも教えてもらわないのに」

「そんなのは平気よ。料理ってのは、頭のなかだけでもある程度できちゃうのよ」

それは才能があるからだろう。おのぶはどうなんだろう。絵の才能はあるけど、料理はどうなのかと、ちらりと思った。

「三通り、つくってみたの」

椀《わん》が三つ載ったお膳を運んできた。

椀はどれも同じものである。

「当てものみたいですね」

「あら、そうね」

「これは木綿豆腐ですね？」

右側の椀を指差した。

「そう。なかに粒あんを入れたの」

「こっちは絹ごし豆腐だ」

「なかはこしあんよ」

「それでこの紫色をしたのが……」

「豆腐とあんこを完全に混ぜてみたの。でも、固めるのが難しくて、ちょっと寒天が入っちゃった」

「へえ」

「食べてみて」

「わかりました」

と、それぞれを二口三口くらい食べてみた。

こうして味わうと、豆腐の味というのは意外に濃いものだとわかる。それがあんこと合うかは微妙だが、

「この、絹ごし豆腐にこしあんの組み合わせが、おいしいですね」

と、魚之進は言った。

「だよね。あたしもそう思う。あんまり甘味を強くしないほうが、豆腐にもなじむ気がするわよね」

「ええ」

「ただ、絹ごし豆腐は柔らかいので、くりぬいてあんこを入れるとき、つぶれたりするから、けっこう手間がいるわよ」

「ですよね。豆腐屋だったら、これはつくりたくないでしょうね」

もしかして、丸銀はあんこ豆腐をつくれと言われて逃げ出したのか。

だが、値段を高くできるなら、つくるかもしれない。

「なにか悪事がからんでいるのですか？」

と、お静が訊いた。

「わからないのです」

「まさか、それで毒殺を？」

お静には、お城の仕事の件も話してある。

「それもわかりません。ただ、大奥にいるとき、偶然、お女中たちがあんこ豆腐のことを話しているのが耳に入ったのです。聞かれるのを警戒しているみたいで、気になっただけなのですが」

「それは気になりますね」

「ええ」

「わたしにできることがあれば、なんでもおっしゃってくださいね」

「ありがとうございます」

魚之進は嬉《うれ》しさのあまり、まだ残っているあんこ豆腐の試作品をいきなりむさぼり食い始めた。

六

翌日——。

魚之進は、お城に行く日ではないが、麻次とともに平河門のところまで行き、社家権之丞を呼び出してもらった。もちろん、お城のことは独断では動けない。与力の安西佐々右衛門《あんざいさざえもん》にこれまでのことを話し、許可をもらった。お奉行には安西のほうから報告が行っているはずである。

社家は今日も冴えない顔色でやって来ると、

「どういたした？」

不安そうに訊いた。

「嫌な話だったら、聞かないぞ」

とも言った。

「そんな無茶な。いや、ちょっと気になることがありまして」

「なんだ？」

「大奥では皆さん、甘いものはお好きですよね？」

「好きなのはもちろんだが、いまは皆、食べないでいるみたいだぞ」

「そうなので？　なにゆえに？」

あれだけ若い女がいて、甘いものを我慢するなど、とてもじゃないが信じられない。

「年寄りのな」

「年寄り？」

「年寄りと言っても、ほんとの老女ではない。女中のいちばん偉いのを、大奥では年寄りと言うのだ」

「へえ」

「その年寄りのなかでも、もっとも力のある和島《わじま》さまというお人が、今年に入ってから甘いものは身体《からだ》に悪いと、お女中たちに禁令を出したのじゃ」

「身体に悪いのですか？」

砂糖は薬だと聞いていた。

「そうらしい。しかも甘いものは虫歯を誘発する。虫歯があれば、口が臭くなる。臭い息で、上さまとお話はできませぬぞというわけだ」

「では、お女中たちはがっかりなさったでしょう？」

「それはそうだろう。外に行くのもままならないのだから、せめて甘いものくらい食べたいわな。男と違って、酒で憂さ晴らしもできぬのだし」

社家は女中たちに同情するように言った。

「それと、お城でも豆腐とかは召し上がりますか？」

と、魚之進は訊いた。

「無論だ。汁ものの具ではよく使われる」

「その豆腐はお城でつくるのでしょうか？」

「城ではつくらぬ」

「では、町の豆腐屋から？」

「そうだろう。わしも仕入れのほうはよくわからぬ。仕入れの担当を呼ぶか？　正式には、御膳所台所人というのだがな」

「恐れ入ります」

門から使いの者が走り、社家とともに待っていると、まもなく仕入れ担当の役人がやって来た。

「社家さま。なにか？」

「うむ。この、町方の応援がな、豆腐の仕入れについて訊きたいと言うのだ」

「豆腐が怪しいのか？」

仕入れ担当は、怪訝《けげん》そうに訊いた。

「いえ、そうではないのですが、いちおう豆腐は素材そのものではないので」

「なるほど、豆そのものではないわな」

「どちらの豆腐屋から？」

「上さまの召し上がる豆腐は、通一丁目《とおりいっちょうめ》の増田屋《ますだや》という豆腐屋から届けさせておる」

「増田屋……」

丸銀ではなかった。

増田屋は、大きな豆腐屋で、ここのがんもどきは有名である。

「大奥もいっしょですね？」

「いや、豆腐は違う。大奥では、誰か女中の推薦でもあったのだろう。芝のなんとかという豆腐屋に届けさせていたな」

「丸銀では？」

「あ、そうだ」

「お女中の親戚かなにかですかね？」

「そういう縁故はないはずだな。それを始めると、きりがないからな」

「でも、誰かの推薦で出入りの業者が決まることはあるのですね」

「大奥ではあるみたいだな。なにせ、女どものやることだから、わしらもあまりとやかくは言えぬのさ。あいつらはのべつ、足の引っ張り合いをしてるし、下手に誰かと関わると、とんでもない争いに巻き込まれたりするし」

「はあ」

魚之進は、いちおううなずいたが、こと食いものの場合は、そうも言っていられないのではと、内心で思った。それは、お奉行を通して言ってもらうつもりである。

七

社家に礼を言って城から離れると、

「大奥で、丸銀の豆腐を推薦した女中がいるわけだな」

魚之進は麻次に言った。

「そうらしいですね」

「その女中が、甘いもの禁止の抜け道として、あんこ豆腐を丸銀につくらせたというなりゆきかな」

「なるほど、そうなりますね」

「だが、命じられた丸銀は夜逃げしてしまった」

「怯《おび》えたのですかね。悪事に加担させられると思って」

「だが、大奥の事情は言わなければいいだけだろう。ただ、あんこ豆腐をつくれと言ったって、別にいいわけだから」

「なるほど」

　と、麻次はうなずき、

「じゃあ、なんで夜逃げしたんです？」

「まだ、おいらたちがわからないことがあるんだろうな。とりあえず、その丸銀の豆腐を大奥に推薦したお女中をつきとめようぜ」

「わかりました」

　麻次とともに芝の日蔭町に来て、この界隈《かいわい》で大奥に上がった娘はいないか訊いて回った。すると、寛永寺《かんえいじ》にも菓子を納める〈わかたけ〉という煎餅屋の娘で、しのぶというのが数年前に大奥へ上がったとのことだった。そこは、豆腐屋の丸銀の近所でもある。

魚之進と麻次は、わかたけに顔を出した。

店の間口は七、八間《けん》ほどあり、お使いものの相談で来ているような女の客が四人ほど、それぞれ手代と相談していた。売りものは、竹をかたどって油で揚げた煎餅らしい。

「ご免よ。おいら、南町《みなみまち》奉行所の味見方ってところの月浦というんだが」

手代に十手を見せ、店主を呼んでもらった。

店主は五十前後の、菓子屋にしては歯が白い男で、店の隅に魚之進と麻次を案内し、

「味見方？　ああ、伺ったことはあります。なんでも新設された部署だとか」

「もう一年になるんだけどね」

「それは失礼いたしました」

店主は頭を下げた。

「ところで、こちらの娘さんは、大奥に上がっているんだよな」

魚之進がそう言うと、

「はあ」

店主はなにを言い出すのかと緊張した顔になった。

「なんでも、大奥で丸銀の豆腐がおいしいと推薦してやったそうだな」

これは推測の段階だったが、

「いやあ、よくご存じで」

と、店主は言った。どうやら当たったらしい。

「味見方ってのは、食いもののことを調べる部署なんでな」

「あれは、子どものころから丸銀の豆腐を食べていて、大奥に上がってからも、うちの近所の豆腐のほうがうまいと自慢していたらしいのです。すると、取り寄せてみよという話になったそうです」

「へえ。そんなこともあるんだな」

「ただ、あたしもお城のことはよくわからないんですよ」

「そりゃそうだ」

「手前どものことでもないですし」

「ここの煎餅も大奥に入れてるのかい？」

「いや、そういうことはできないんです。実家のものを仕入れるのは、内々で禁じられているみたいです」

「そうなのか。しのぶさんと言ったかな、娘さんは?」

「ええ」

「大奥に上がると、もう実家に来ることもできないのかい?」

じつは、たまに実家に帰って来ているという話を、近所で聞き込んでいる。

「それは部署によるみたいでして。うちのは、何代か前の将軍さまのご母堂さまの月命日の供養で、増上寺にやって参りますので、そのついでにちょっとは顔を出すんでございます」

「あ、そうだったな。ええと、十……」

「二十三日でございます」

二十三日は明日である。ちょうどいいときに訪ねたようだった。

八

翌朝——。
魚之進は芝の増上寺《ぞうじょうじ》で、奥女中のしのぶが来るのを待った。

「旦那、顔はご存じないですよね」

　と、麻次が言った。

「うん。でも、見当はつくと思うぞ。月命日の代参でやって来る一行というのは、お局《つぼね》さまが乗る駕籠と、それを警護する伊賀者たち、それと付き添いの若い女中という組み合わせで来るんだ」

　町方も、ときおり警護を手伝わされたりするので、それはわかっている。

「へえ」

「お局さまはたぶん、増上寺のなかで住職たちの相手をさせられる。だが、若い女中などは、ちょっと抜け出すくらいはできるんじゃないか」

「抜け出すのがしのぶってわけですね」

「そういうこと」

　増上寺の門のところで待っていると、案の定、代参一行がやって来た。

　裏手にある墓に線香を手向け、それからお局さまは、住職などといっしょに本堂の裏からなかに入って行った。だが、付き添いの女中は、警護の者たちに軽く会釈をし、ここから抜け出した。実家に立ち寄るつもりなのだ。

　魚之進と麻次は、あとを追い、増上寺の門を出たところで、

「しのぶさま」

と、声をかけた。

「え？　なあに？」

しのぶは明らかに甘いもの好きという体型である。身体のなかにはたぶん、相当大きなあんこの固まりがある。

「豆腐屋の丸銀に、あんこ豆腐をつくらせていますよね？」

魚之進はいきなり訊いた。

「誰、あんた？」

しのぶは怯《おび》えた顔をした。

「町方の者です」

「町方はお城のことに口をはさむことは、あいなりませぬぞ」

急に魚之進たちを見下すように背伸びして言った。

「じつは、お城の御用もつとめております」

「え？」

「お城の食事を警戒するように言いつかっております。先日は御膳奉行の社家さまにもお会いしましたし、明後日《あさって》もお城に伺うことになっています」

「そうなの」

しのぶは身内に向けるような顔になった。

「あんこ豆腐ですが、甘いものを禁止されたかわりに、豆腐屋につくらせ、そっと納めていらっしゃるんでしょう？」

「まあ、そうだけど」

横目遣いに魚之進を見てうなずいた。

「たぶん、一丁や二丁じゃ済まない。かなりの量をつくっていたはずです。しかも、手間がかかるから、高価なものだったはず」

「そりゃあ、丸銀にはちゃんと代金も払いましたよ」

「その代金は？」

「もちろん、あたしが」

「払えたのですか？」

「払えるわよ。大奥で皆に売っていたんだから」

「やはり、そうですか」

「悪い？」

しのぶはつんと顎を上げ、居直ったように言った。

「わたしは、大奥のなかのことは存じ上げませんので」

「みんなやってることなの」

「それで、丸銀は夜逃げしました」

「そうだったの？　だから昨日、届けて来なかったんだ」

「お心当たりは？」

「さあ」

ほんとにわからないらしい。

大奥の仕入れ担当の役人が、大奥の足の引っ張り合いを言っていたのを思い出し、

「大奥のなかに、しのぶさまと対抗なさっているようなお方は？」

と訊いてみると、

「あ、いる。いっしょに入ったお麦《むぎ》ってのが、なにかとあたいにきつい目を向けてきている気がするんだよ。あたいがあんこ豆腐を仕入れるようになったら、悔しいみたいでさ。嫌な女なんだ、あれがまた」

急に、町娘の口調になった。

九

実家に向かって小走りに去って行くしのぶの後ろ姿を見ながら、

「やっぱり、逃げた丸銀を捕まえないと、真相はわからないかもな」

と、魚之進は言った。

「また、もどるとは思いますがね。店は借りているのではなく、代々の持ち物でしょ」

「だが、いつになるかわからないぞ」

「たしかに」

「身体の弱った母親もいたというから、そう遠くへは行っていないと思うんだ」

「ええ。近所のおかみさんどもに訊いてみましょう」

麻次がその役を引き受けた。

四人くらい訊いてもなにもわからないという返事だったが、五人目に下駄屋《げたや》の女房に、

「丸銀のおかみさんは、どこから嫁に来たんだい？」

と訊くと、

「おせつさんは、深川《ふかがわ》の豆腐屋の娘だよ。豆腐屋の嫁は大変だから、子どものころから慣れている人じゃないと務まらないからね。あのお婆《ばあ》さんも、深川の豆腐屋から来たんじゃなかったかね」

手がかりになることを言ってくれた。

「豆腐屋は深川にもずいぶんあるわな。どこらの豆腐屋なのか、わかるようなことは言ってなかったかい？」

と、麻次はさらに訊いた。

「さあ、あたしもあっちのほうはよくわからないので。そういえば、深川は水が悪いんで豆腐屋は大変だけど、うちは井戸から真水が出るんだって自慢してたね」

「真水がねえ」

麻次は魚之進を見た。

「本所《ほんじょ》に近いほうかな」

と、魚之進は言った。

「それか、奥のほうでしょう。猿江《さるえ》あたりまで行くと、真水かもしれませんね」

「よし。猿江のあたりに行ってみるか」

猿江橋のたもとから、東に向かいながら、たむろしている町人におせつという娘がいた豆腐屋を訊いていった。

五本松《ごほんまつ》の近くに豆腐屋があり、七十くらいのあるじに、

「あんたのとこに、おせつという娘はいるかい？」

と、声をかけた。

「娘？　娘なんかいねえよ」

「そうか」

行き過ぎようとしたとき、男の子が二人、駆け込んで来たのに、

「おい、迷子になるんじゃねえぞ」

と、あるじが声をかけた。

——迷子？

このあたりの子どもが迷子になるかと、ふと疑念を覚えた。男の子が二人。丸銀の家族も小さな男の子が二人だと言っていた。

立ち止まっていると、なかに入った男の子二人がもう一度出て来て、いっしょに三十くらいの男も現われた。

「ちゃん。あっちだよ」

「わかった、わかった」

こっちに歩いて来たので、

「丸銀の藤吉だよな？」

「え？」

顔が強張《こわば》った。

「捜してたんだ」

「あっしは、町方の旦那に捜されるような悪いことはしてませんよ」

「それはわかってるよ。だが、なんで夜逃げなんかしたんだ？」

「それは……」

立ち止まっている藤吉に、男の子二人が、

「早く行こうよ。魚が逃げちゃうよ」

と、催促した。

「魚、見に行くところだったのか？」

「ええ。そっちの川に赤い魚が泳いでるって言うもんで」

「じゃあ、見に行こう」

と、魚之進は、藤吉をうながした。悪事を暴こうとしているわけではない。藤吉に正直に語ってもらうためには、余計な緊張を強いてはいけないのだ。

小名木川《おなぎがわ》が南十間川《みなみじっけんがわ》と交差するところに来た。その南十間川のほうに、赤い魚がいるらしい。見ると、なるほど赤い鯉《こい》が泳いでいた。

子どもに落っこちないよう注意した藤吉に、

「大奥のしのぶさまに言われて、あんこ豆腐をつくったよな？」

と、魚之進は訊いた。

「ええ」

「難しかっただろう？」

「いや、そうでもありません」

いかにも生真面目な、真四角で真っ白な豆腐をつくりつづけている男の顔である。

「うまく入れないと、豆腐が崩れるだろうよ」

「崩れませんよ」

「絹豆腐ではないのか？」

「木綿豆腐です」

「木綿か。それにこしあんを詰めたんだな？」

「こしあんじゃありません。粒あんを入れました」

「木綿豆腐に粒あんでは、あまり上品な味ではないな」

「だって、あの方たちはいっしょには食べませんでしょう。あんこを取り出したら、残りの豆腐は味噌汁《みそしる》にでも入れるのでは」

「そうか、あんこだけ食うのか」

「昔、生島《いくしま》が江島《えじま》のところに行くとき隠れたみたいだと、しのぶさまがおっしゃってました。生島新五郎《しんごろう》って役者が、長持に入って大奥に忍び込んだそうですな。あんこは大奥じゃご禁制なんでしょうか。あっしは頼まれたのでつくっただけで、なにもわからねえんです」

「わかってるよ。それであんたをとやかく言うつもりはないんだ」

「そうですか」

藤吉はホッとした顔をした。

「それで、あんたが夜逃げしたわけだがな」

「脅されたんですよ。粒あんに砂を混ぜろと」

「砂を」

「大奥に納めるものにそんなものを入れたら、とんでもないことになるでしょう。だが、いかにも物騒なやつで、しかも大奥のことなんか誰にも相談できませんから、こうしてしばらく隠れていようと」

「あそこは、嫁の実家じゃないのか？」

「あっしのおっかあの実家です。そこのほうが、居心地もいいというので」

おせつはあのおやじの娘ではない。義理の姪《めい》になるから、娘はいないと言ったのだろう。

「その脅したやつだがな、知ったやつかい？」

「いいえ、見たこともないやつです。まだ若い男です。いい男でした。ただ、ぬか漬けの匂いをぷんぷんさせてました」

「ぬか漬け？」

男はあまりぬか床に手を入れたりはしない。料理屋で板前でもしているのか。

「早くもどって、豆腐をつくりたいんですが」

「ああ。そうなるよう、なんとかしてみるよ」

とは言ったが、男の手がかりはこれといってない。

十

翌日は、お城に顔を出す日である。

松武欽四郎の毒殺については、城の内部で調べが進められているはずで、魚之進は関わることはできないが、

「どうなっています?」

と、社家権之丞に訊いてみた。

「うむ。中奥番のほうで調べを進めているのだが、どうも毒ではなく、食当たりで亡くなったのではないかという見方も出てきたみたいでな」

「食当たり? そんな馬鹿な」

「それはないか?」

「ありませんよ」

首を左右に振ったあと、

——もしかして、隠蔽しようという動きもあるのか。

と思った。だとしたら、ここは相当、胡乱《うろん》なところである。むしろ、伏魔殿と言

ったほうがいいのではないか。

「ま、わしもそれはないとは思うがな」

社家は自信なげに言った。

一通り、中奥の台所を回って、おかしなところはないか確かめてから、次に麻次とともに大奥に向かった。このあいだほど緊張はない。大奥では、今日も八重乃が付き添ってくれるらしい。

中奥と同様に、台所を一通り見て回ると、

「八重乃さまに伺いたいのですが、大奥では甘いものを禁じられていると聞きましたが」

と、魚之進は言った。やはり、この人からいろいろ聞き出すのが手っ取り早いかもしれない。

「そうなのです。禁令が出ましてな」

「ですが、女の人は甘いものを召し上がりたいのでは？」

「それはまあな」

「じつは、江戸の巷《ちまた》から、あんこ豆腐という言葉がちらほらと聞こえてきまして」

「え」

「いや、ふつうの町人たちは知りません。わたしは味見方という職種柄、食いものに関する話はいろいろ入って来ますので」

「さすがだな」

「それで、どうも大奥に関連していると」

「……」

「しかも、そのあんこ豆腐をつくっている豆腐屋が、脅しを受けていまして」

「そうなのか」

「八重乃さまは、あんこ豆腐のことは？」

「知ってはいます」

俯《うつむ》いて、殊勝な顔になった。そんなときは、ごくふつうのしとやかな美人である。

「召し上がったことは？」

「何度か」

「誰かが持ち込ませて、それを黙認しているというかたちですね？」

「そうじゃな」

「巷のほうで脅しだの夜逃げだのといった騒ぎが起きると、これは早めに解決しなければ大奥のほうにご迷惑をおかけすることになりかねません」

「それはまずい」

「それを持ち込ませている人と、対立しているような人はおられませんか？　そっちから、たぶん話が行って、脅しというような事態になっていると思うのです。八重乃さまにお心当たりはありませんか？」

「ある」

八重乃は魚之進の目を見てうなずいた。

「その、脅した者はぬか漬けの臭いをさせた若い男だったそうです。そこへつながっていきそうですか？」

「ああ、それはたぶんつながると思う。対立してる女中はお麦といって、木挽町《こびきちょう》の八百正《やおしょう》というところの娘だ。その女中の紹介で、ないしょでべったら漬けを入れていた。べったら漬けは知っているか？」

「ええ。甘い大根漬けですよね」

「それが唯一の甘味だったが、あんこ豆腐が来るようになって、ぱたっと売れなくなったのだと思う」

「ははあ」

それで、そのべったら漬けをつくっている漬け物屋が、あんこ豆腐のあんこに砂を入れろと脅したわけである。

「それだけわかれば充分です。脅しをやめさせ、大奥にごたごたが広がらないよう食い止めておきます」

「頼みましたぞ」

と、頭を下げたが、

「ほら、あれがお麦よ」

「ははあ」

なんとなく想像していた通りの顔立ちである。

大奥に来るくらいだから、パッと見はきれいである。が、いかにも気が立っている。箸が転げても風が吹いても、怒り出しそうな感じがある。

「穏やかそうなお方ですね」

魚之進がそう言うと、八重乃は、

「ぷっ。月浦どのは冗談がお好きみたいね」

「いや、まあ」

「そりゃあ、あたしたちには牙を剝《む》いたりはしないけど、同じ女中たちと喧嘩《けんか》になったりしたら、恐ろしいらしいわよ。こんなふうに爪まで立てるんだと」

八重乃は両手をこっちに向け、獣みたいな真似《まね》をしてみせた。

十一

お麦の実家の八百正は、野菜を〈銀樽屋《ぎんだるや》〉という漬け物屋に卸していた。家も同じ木挽町四丁目である。

その漬け物屋を探ると、若くてようすのいい男がいる。

若旦那の銀三郎《ぎんざぶろう》で、近所の者に訊くと、昔、お麦といい仲になっていたらしい。

「よし、ここは小細工なしで行くか」

魚之進は麻次に言った。

「そうしましょう。あっしが呼んできます」

魚之進は、一町ほど東にある采女《うねめ》ヶ《が》原《はら》の馬場で待つことにした。

すぐに麻次が銀三郎を連れてやって来た。なるほどいい男であるが、若いいい男が往々にしてそうであるように、こいつも生意気そうである。

「おい、おめえ、芝の豆腐屋の丸銀を知ってるよな？」

魚之進がそう訊《たず》ねると、

「はあ?」

見えていない富士《ふじ》でも見るように西の空を見た。

「脅しただろ?」

「なにをです?」

「丸銀の店主を、あんこに砂入れろと脅しただろうが」

「………」

表情が消え、なにも書いていない白い紙のようになった。その紙にはもう、「参りました」と書くしか、選択肢はない。

だが、次の瞬間——。

銀三郎はいきなり身をひるがえし、逃げようとした。

その袖を魚之進が掴んだ。

「逃げたって無駄だぞ。話によっては、お縄にもせず、内密に済ましてやる」

「いくらで?」

「金もいらぬ」

「ほんとに町方かい?」

「ほら」

十手を鼻先に突き出した。

「もう、しません」

「ああ。そうしろ。次に丸銀を脅したりしたら、牢《ろう》にぶち込むぞ」

銀三郎は、もうやめろと言いたくなるくらい、頭をぺこぺこ下げつづけた。

次に大奥へ行ったとき――。

魚之進は八重乃に、

「巷のほうはごたごたをすべて解決しました。あんこ豆腐をつくっていた豆腐屋への脅しはやめさせ、夜逃げしていた豆腐屋家族も家にもどりました。この件については、もともとなにもわかっていませんが、余計なおしゃべりもつつしむと思われます。あとは八重乃さまのほうで、あんこ豆腐やべったら漬けの件を解決していただければ」

と、報告した。

もちろん、こうすることは筒井和泉守《つついいずみのかみ》にも報告してある。

「わかりました。あんこ豆腐もべったら漬けも、大奥には入らないようにしましょう」

「それで、甘いものは遮断されるのでしょうか？」

「わかりません」

八重乃はそう言って、微妙な薄笑いを浮かべた。

「それにしても、大奥への道もいろいろあるのですね」

と、魚之進は言った。

「そうなのです」

「これでは、どこから何が持ち込まれるか、わかったものではありませんね」

「そのようです」

これは八重乃一人だけではどうすることもできないのだろう。

「大奥はなかなか怖いところだと思いました」

言わずもがなかもしれないが、魚之進は言ってしまった。すると、八重乃はきれいな顔には似合わない皮肉っぽい笑みを浮かべ、

「月浦どのが見たのは、ほんの一部ですぞ」

と、言った。

「え？」

「ここは伏魔殿です」

「そうじゃないかと思ってました」

「とにかくいろんなことが起きます」

「例えば？」

　魚之進が訊ねると、

「この話は町人には聞かせたくありません」

と、八重乃は麻次を見た。そこで、麻次は廊下のほうまで下がり、魚之進だけが八重乃と対峙《たいじ》した。

「例えば、幽霊などはしょっちゅう出ます」

　八重乃の声は小さくなっている。魚之進は思わず、耳を寄せるようにした。

「幽霊が……」

「有名なのは白髪の老女の幽霊で、これは上さまに重大事が起きるとき現われると言われていますが、そうでないときも出ます」

「そうなので」

「夜に天守閣跡の上のほうから、女中の遺骸が降ってきたこともあります」

「降ってきた……」

「もう何度も。それに厠《かわや》の下の桶に、奥女中の死骸が入っていたこともあります」

「それは酷《ひど》い」

「大奥には開かずの間がいくつもあります。そのうちの一つは、五代さまが御台所さまに殺害された部屋と言われています」

「なんと」

「上さま暗殺説はそれだけではありませぬ。ですから、こたびの中奥の鬼役が亡くなった話を聞いても、大騒ぎにはなりましたが、皆、心のどこかでは予期していたはずです」

「そうなので……」

魚之進の背筋は凍りつき、震えを抑えられない。

「これは真摯に大奥の危難に取り組んでいるとわかったからこそ申し上げること」

「は、はい」

「くれぐれも他言なされぬよう」

「お奉行にもですか?」

「もちろん。ただ、町奉行あたりになると、こうしたことはすでにお耳に入っているはずです」

「そうですか」

言われてみれば、筒井和泉守の態度に、大奥は容易ならぬところという警戒心は感じられた。それにしても、自分はとんでもないところに首を突っ込むことになってしまった。

「こうしたことを心にとどめたまま、今後の調べを遂行していただきたいと存じます」

「はい」

「これは、わたしだけでなく、名前は申せませぬが、大奥の年寄りの意向でもあるのですぞ」

八重乃はそう言って、威儀を正した。

「ははっ」

魚之進は畏れ入り、

「一つだけお聞かせください」

「なんです？」

「大奥にも鬼役はいるのでしょうか？」

「もちろんおります。上さまと御台所さまのお食事は、三度にわたって毒見がなさ

れます。それを担当する者は、ここ大奥では鬼役ではなく、鬼婆と言われていま
す」

「鬼婆……」

「昔からそう呼ばれているかどうかはわかりませぬ。ですが、この数年はそう呼ばれています」

八重乃はそう言って、身体をずらすようにして台所のほうを見た。

「あ、ちょうどあそこに鬼婆が二人」

八重乃はそう言って、台所の右隅あたりを目立たないようそっと指差した。

魚之進はその方向を見た。二人の奥女中がいた。一人は、六尺ほどの背丈がありそうな山のような体軀《たいく》の女。そしてもう一人は、背丈はそうでもないが、枯れ枝のように痩せた女。共通するのは、二人の異様とも言える目つきだった。それは猫の目のように爛々《らんらん》と光っているのだが、そのくせどこかに病か、あるいは絶望の暗さも漂わせているのだった。

大奥の鬼役は、見た目からしてまさに鬼婆だった。

第二話　海たぬき

一

月浦魚之進は、筒井和泉守とともに、船に乗っている。麻次はいない。船は小さな猪牙舟《ちょきぶね》ではなく、二十人ほど乗り込めるくらいの船である。漕《こ》ぎ手は八人もいる。揺れも少なく、乗り心地は猪牙舟とは比べものにならない。

いい天気で、このまま江戸湾の沖に出て釣りでもしたら、さぞやいい気分だろう。だが、船は江戸湾の沖ではなく、逆に大川《おおかわ》を遡っている。吾妻橋《あづまばし》も過ぎ、ここらは同じ大川でも隅田川《すみだがわ》とか宮戸川《みやとがわ》とか言われるあたりである。

魚之進の顔に緊張が浮かんでいる。

今朝、奉行所に行くと、奉行の筒井に呼び出され、

「いまから向島《むこうじま》の中野《なかの》石翁《せきおう》さまのところに伺う」

と告げられた。

「わたしもですか?」

「そうだ。というより、月浦に会いたいとおっしゃっている」

「わたしに……」

緊張のあまり、背筋が反って、後ろに倒れそうになった。

かつて、兄貴殺害の黒幕ではないかと疑った人物でもある。一度、言葉も交わした。しかし、明かりもない夜のなかのことで、影しか見えなかった。背が低く、肩幅がやけに広く、まるで駕籠かきのような身体つきだったことは覚えている。その石翁は味見方の存在にも好意的で、このたびは将軍暗殺計画を探るように依頼してきていた。まだ直接、挨拶はしていないので、そのための顔出しなのか。

「どうも、毒殺の件とは別の依頼らしい」

「え」

毒殺の調べも進んでいないのに、また新たな調べを命じられるのはちょっと辛《つら》い。が、中野石翁に頼まれたら、いくら筒井がいっしょに行ってくれても、断ることは難しいだろう。

船が中野邸専用らしき桟橋に横づけされた。中野邸は、川岸にあって、界隈の眺めは素晴らしい。

ただ、敷地自体はそれほど広大なものではない。千坪といったところか。隠然たる影響力を囁《ささや》かれていることを思うと、意外なくらいである。もっとも、本来の身分は御小納戸《おこなんど》役頭取《やくとうどり》の知行五百石の旗本なのだから、これが妥当なところだろう。

迎えの家来に案内され、屋敷《やしき》のなかに入る。

なかはさすがに豪華なもので、お城のなかに入ったのではないかと思えるくらいである。廊下も光を放つくらいに磨き立てられ、襖《ふすま》には虎や象などの絵がこれでもかというくらいに描かれている。東照宮《とうしようぐう》の陽明門《ようめいもん》を襖にしたみたいである。

――こけおどし……。

思わず浮かんだ感想を、胸の内で慌てて打ち消した。

「よう、味見方、来てくれたか。筒井どのもわざわざすまんな」

石翁は奥の広間で待っていた。

「とんでもない」

筒井は小さく微笑んだ。

「直接、頼みたかったのでな」

明るい陽のなかで見る中野石翁は、いかにも人好きのするふくよかな男である。歳は五十半ばほどなのか。精悍《せいかん》さも、機略縦横の陰謀家といった面影もない。だからこそ、将軍の絶大なる信頼を勝ち得たのだろう。

「月浦とは以前、話だけしたな」

「ははっ」

「よくやっていることは聞いていた。死んだ河内山宗俊《こうちやまそうしゅん》からな」

「ええ。死なせてしまって、申し訳ありませんでした」

河内山からはいろんなことを教わったのだ。じつに面白い人だった。

「もともと死んだはずの人間だったからな。それで、頼んでおいた件だが、鬼役の一人が死んだことも聞いた」

「相済みません」

「そなたが詫《わ》びることではない」

「あのことは上さまもご存じなのでしょうか?」

「まだご存じあるまい。余計な心配はかけまいということなのだろう」

「はあ」

「だが、あれは毒殺ではなく、食当たりだったとするような意見も出て来ているらしい。隠蔽しようという動きがあるのであれば、やはりわしのほうから上さまに申し上げようと思う」

「そうしていただいたほうがよろしいかと」

上さまご自身が警戒することが、まず必要なはずである。

「それで、今日の依頼は、毒殺とは別件だが、もしかしたらどこかでつながるのかもしれぬ」

「は」

「じつは、上さまがオットセイの睾丸《こうがん》を所望されている」

「オットセイの睾丸……」

「オットセイはわかるか？」

「はい。たしか漢字だとこうですよね」

手のひらに〈膃肭臍〉と指で書いた。

「たいしたもんだな」

「いえ」

俳句をつくるのに、五文字の生きものの漢字をいろいろ覚えたことがあったのだ。だから、同じ生きものでもサンショウウオやシマフクロウと、六文字以上になると書けなくなる。無駄な努力だったと一時期後悔したが、役に立つこともあるらしい。

「睾丸は平たく言わなくてもなにかはわかるな？」

「は」

「家康《いえやす》公が愛飲した妙薬でな。素晴らしい効き目の回春剤らしい。だが、いまとなれば本当なのか、わしは疑わしいと思っている。オットセイの睾丸はほんとに効き目があるのか、味見方のほうで探ってみてくれぬか」

中野石翁はそう言って、じいっと魚之進を見た。

「…………」

顔を血が駆け回っているのがわかる。血は慌てふためいているのだ。効き目を探るとなると、なにをしたらいいのか。道具はあっても、使うところがない。山の頂上で釣《つ》り竿《ざお》を振り回すみたいになる。魚之進はたちまち困惑した。

すると筒井和泉守が、

「中野さま。この月浦はじつに真面目な男でして、そっち方面はあまり得意ではありませぬ。中野さまのほうで、どなたか適役はおられませぬか？」

と、助け舟を出してくれた。

「おなごが駄目なのか？」

石翁は目を丸くして魚之進に訊いた。あんないいものが苦手なのか、と言わんばかりの驚きぶりである。

「いや、そういうわけではなく」

赤面だけでなく、汗も出てきた。

「むろん、わしのほうでも動く。だが、そなたの辣腕ぶりはずいぶん聞いている。効き目があるかということは、オットセイの背後も探ることになろう」

「たしかに」

「わしはそういうのも含めて、味見方に動いてもらいたいのじゃ」

「は」

「そなたの報告だけですべて決定されるわけではない。参考にするだけだ。そなたなりの報告でかまわぬ」

「わかりました」

魚之進は深々と頭を下げた。

長居はせず、早々に中野邸を引き上げた。

筒井も魚之進も、しばらくは黙って船のうえから川岸の風景を眺めている。ここらは殺生が禁じられているので、釣り人はいないが、子どもが水遊びをしていた。初夏とはいえ、まだ水は冷たいのではないか。子どもは無邪気なものである。面倒な仕事を抱えていると、子どもが羨ましくなる。

「オットセイの睾丸は本当に効くのかとは、これは難問だな、月浦」

筒井がようやく口を利いた。

「はい。難問中の難問です」

「しかも、モノもない」

「そうですね」

だいたいオットセイというのは、獣なのか魚なのか。釣るのか、銛《もり》で突くのか。

そんなこともわからない。

「あれば、わしが試してもよいのだが」

「え、お奉行が？」

「冗談だ」

「…………」

筒井は照れたような顔をしたので、たぶん冗談ではない。魚之進もなにも言えない。

しかも、しばらく気まずい沈黙が流れた。

しかも、ちょうど追い抜いた屋形船のなかで、男女が情事の最中だった。昼間だというのに、二人とも一糸まとわぬ姿である。しかも障子を開けっぱなし。動く春画。筒井も魚之進も思わず凝視してしまい、気まずい沈黙はさらに長くなった。

「まあ、大きな薬屋にでも行けば、売られているやもしれぬ」

気を取り直したように、筒井は言った。

「はい」

「だが、薬を買っても、オットセイの背後まで探るのは難しいだろう」

「そう思います」

「なにか手立てはあるか？」

「いまのところ、さっぱりです」

「どこから始める？」

「どこから入りましょうか」

「取っ掛かりがないとな」

「ええ」

「文献調べから始めるか？」

「そうですね」

「わしのほうから、書物奉行に問い合わせておこう。ただ、城にはかなりの文献がそろっているが、オットセイのことはどうかな」

「そうですよね」

船が両国橋《りょうごくばし》をくぐった。橋のたもとのざわめきが川のうえまで流れてくる。今日も大勢の人で賑《にぎ》わっているのだろう。

「あ」

脳裏で幟《のぼり》が風にはためいた。

「どうした？」

「いいところがありました。〈ももんじや〉です」

「ああ、猪や鹿の肉を売るところだな」

「はい」

「食ったことはあるのか？」

「わたしはまだありません。が、兄貴は食べたと言ってました。ああいうところのあるじなら、オットセイのこともなにか知っているかもしれません」

「そうだな」

「すみません。船を岸につけてください」

魚之進は、両国橋を過ぎて一つ目橋の近くで船を下りた。

二

魚之進は、両国橋東詰のももんじやの前に立った。

ここは味見方としては、ずっと気になる存在だった。いままで食べなかったのは、怠慢と言われても仕方がないが、兄の波之進が、「あそこは真面目な商売をしている」と言っていたので、後回しになっていたのだ。

今日も、山くじらと書かれた幟《のぼり》が、川風にひるがえっている。さっきふと、この旗が脳裏ではためいたのだ。山くじらとはイノシシの肉のことで、薬食いと称して、これを好む者もじつは少なくない。

「いらっしゃい」

あるじが声をかけてきた。歳は四十前後か。馬のようなきれいな目をしているが、身体が小柄なので、鹿のような雰囲気もある。

「うん」

魚之進はうなずいて、店の奥のほうをのぞいた。奥まで土間つづきで、右手の壁に沿って、縁台が五つ六つ、ずらっと並んでいる。いちばん奥のほうで、男の客が三人、七輪でなにかの肉を焼いて食べていた。その匂いはこっちにも流れてきている。魚とはまるで違うが、食欲をそそる匂いである。

「町方の同心さまは久しぶりですな」

「そうなのか」

「以前、味見方の月浦さまがときどきお見えになってました」

「そうだな」

「いかにも切れそうなお方でしたが、亡くなられたという噂を聞きましたけど、本当ですか？」

「本当だ。おいらの兄貴なんだ」

「え、そうでしたか。それはご愁傷さまです」

頭を下げた。真心が感じられる弔意だった。

店先に犬と猫三匹ずつたむろしている。いずれものんびり寝そべって、気楽そうである。野良特有の、いつも唸《うな》っているような必死な感じはしない。

「飼ってるのかい？」

犬猫を指差して、魚之進は訊いた。

「そうなんです。生きものが大好きでして、ほかに亀と金魚も」

「そのくせ生きものの肉を売ってるんで、なんとなく疚《やま》しさも感じますよね」

「へえ」

「そうなんだ」

「生きものなんかなにも考えていねえなんて言うやつもいますが、そんなこたぁねえ。あいつらにもぜったい心はありますよ。でも、猟師もそれで飯食ってますしね。しかも獣の肉は間違いなく、精がつくし、それで病が治る人もいる。たぶん下手な医者より、うちの商売のほうがよっぽど大勢の命を救ってきたはずなんです」

「うん。そうだと思うぜ」

「それでもやっぱり、胸は痛むんで、こうやって捨てられた犬猫はできるだけ助けて、勘弁してもらってます」

「へえ」

魚之進はこのあるじが好きになってきた。

「それでな、訊きたいのは、オットセイのことなんだよ」

「オットセイ？」

「北の海にいる生きものなんだ」

あるじはしばらく考えて、

「それは海たぬきとは違いますよね？」

　と、訊いた。

「海たぬき？」

　海でたぬきは釣ったことがない。だが、山でくじらも見たことはないので、綽名《あだな》のようなものなのだろう。

「先日、そういう獣を持ち込まれました。皮はほかに持って行くというので、ここで捌《さば》き、肉だけ引き取ったんですが」

「たぬきに似てたかい？」

「いやあ、あっしは似てはいねえと思いましたが、じゃあ、ほかのなにに似てるかと訊かれると、困っちまいますね」

「せめて毛皮があればなあ」

「絵に描いてみましょうか？」

「あ、いいね」

　あるじは筆と紙を持ってきて、思い出しながら、その海たぬきの絵を描いた。

「もぐらみたいだな」

　と、魚之進は言った。

「そうですね。でも、大きさはぜんぜん違います。こっちは相当大きいですから」

「手足が変だね」

「ええ。手足じゃなくて、ヒレみたいなんです」

「ヒレ？　もしかして、父親がたぬきで、母親がまぐろだったりするのかな」

「そうかもしれませんね」

あるじは真面目な顔でうなずいた。

「その絵、もらってもいいかい？」

「ああ、どうぞ」

「肉を引き取ったってことは、食えるのかい？」

「食えますよ」

「うまいのかい？」

「食ってみますか？」

「あるんだ」

魚之進は食ってみることにした。代金を払うので、客に出すときみたいにちゃんと調理してくれと頼んだ。

「できました」

小鍋仕立てにしてある。

「うまそうだな」

「肉にちょっと臭みがあるので、生姜《しょうが》やニンニクをたっぷり使って、味噌《みそ》仕立てにしましたので」

「うん、どれどれ」

ふうふう吹きながら、四角く切られた肉片を口に入れた。

「どうです？」

「まずくはないよ」

「慣れるとうまいと思いますぜ」

「これには睾丸はなかったかい？」

ようやく肝腎なことを訊いた。

「なかったですよ。切った跡はありましたけど。股のところが、えぐるように切り取られていました」

「切った跡？」

妙な話ではないか。なぜ、そこだけ先に切り取らなければならないのか。

「その男は初めて来たのかい？」

魚之進はさらに訊いた。

「肉を持ち込んだのは初めてでしたね。ただ、客で一度来たことがあって、そのときに北の海にいる獣を持ってきたら、買ってくれるかと訊かれた気がします」

「なるほど。名前とか、どこに住んでるとかは？」

「名前はなんと言いましたか、ちょっと忘れてしまいました。漁師かと思ったら船乗りだと言ってました。くぐもったような話し方をしてたから、あれは奥州あたりの人間かもしれませんね」

「どこか宿屋にでもいるんだろうか？」

「さあ、それは」

あるじは首をかしげるばかりで、魚之進はまた来ると告げて、ももんじやを後にした。今度はぜひ、山くじらを味わうつもりである。

三

両国橋を渡りきったところで、魚之進は足を止めた。

ここからうなぎのおのぶの家はすぐのところである。おのぶは博学で、こういうことにも詳しそうなので訊きたいと思ったのだ。

おのぶの家というか、八州廻り同心の犬飼《いぬかい》家の役宅に行くと、
出て来たおのぶはカエルが笑ったみたいな顔をしたが、さすがにケロケロとは言わなかった。

「あら、魚之進さん」

玄関の上がり口に腰をかけ、懐からももんじやのあるじが描いた絵を出して、

「じつは、この絵なんだけど？」

「魚之進さんが描いたの？」

「おいらはもうちょっとうまく描くよ」

「あら。この人、上手だよ」

「これが？」

それは意外である。

「ちゃんと特徴を捉えてるもの。これってオットセイ？」

「やっぱり、そうなのか」

「オットセイがどうかしたの？」

「あ、いや、ちょっと」

これ以上は、睾丸の話をしなければならなくなる。それはいくらなんでもおのぶには言いにくい。

「あ、睾丸？」

おのぶはいきなり訊いた。まさか、若い娘からいきなりその言葉を言われるとは思わなかった。

「え……」

「やあだ。飲みたいの、魚之進さん？」

「あ、いやいやいや」

焦って、手をぱたぱたさせた。

「なに、それ？　オットセイの真似？」

「そうじゃなくて、飲むのはおいらじゃないよ。こ、これは仕事なんだから」

「そうなの。オットセイは、似た生きものがいるみたいね。あたしが読んだ書物には、オットセイと似たのでアザラシやアシカ、トドなんていうのが北の海にいるって書いてあったわよ」

「じゃあ、これは？」

「オットセイだと思うけど、詳しいことはあたしにはなんとも言えない。オットセイのことだったら、いちばん北の松前藩《まつまえはん》の人か、あるいは函館《はこだて》奉行所の関係者に訊いてみるのがいいんじゃないの？」

「でもなあ、町方が他藩の藩士の話を訊くというのは、伝手《つて》でもない限りは難しいんだよねえ」

「だったら、父に訊いてみる？」

「お父上に？」

おのぶの父は八州廻りだが、それで他藩に顔が利くとも思えない。

「いま、非番でいるわよ。ちょっと待って」

と、奥に引っ込んだ。

すぐに犬飼小源太《こげんた》が出て来て、

「松前藩ですって？　ちょうどいい人を知ってますぞ」

「そうなので」

「ないしょだが、あの藩の江戸屋敷の用人をしている田丸四郎兵衛《たまるしろべえ》という御仁《ごじん》なのだが、とある幕府の狩場で釣りをしていましてな。ことを荒立てることもできたが、なにやらとぼけた御仁で、話も合った。それで見逃してやって、以来、何度か酒も酌み交わしているのですよ」

「そうですか」

「紹介状を書きましょう。変な男だが、月浦さんとは話も合うでしょう」

おのぶがぷっと噴いた。

松前藩三万石の上屋敷《かみやしき》は、下谷七軒町《したやしちけんちょう》にあった。周囲は広大な大名屋敷が多く、なんとなくこぢんまりした感じがするが、それでも二千坪ほどはある。

門番におのぶの父からもらった紹介状を渡し、返事を待った。田丸用人は、屋敷内にいるらしい。

まもなく、汗をだらだら流しながら、五十くらいの男が現われて、

「おう、犬飼さんの紹介かい。町方だって？　わしは町方に目をつけられるほどのことはしてないぞ。狩場の件は失敗だったが」

と、犬飼の紹介状を手にしたまま言った。紺色のかるさんをはき、単衣《ひとえ》の着物の衿《えり》をはだけさせていて、大名家の用人にしてはだらしない感じがする。本当に当人なのか。

「いや、目なんかつけてませんよ。ただ、お訊きしたいことがありまして」

男はまだおのぶの父の紹介状を読んでいて、

「なになに？　オットセイについて？　うん、知っていることならなんでも話すぞ。上がれと言いたいが、屋敷のなかは暑くてたまらん。庭でもよいか？」

やはり田丸本人らしい。

「どこでも構いません」

「では、こちらにおいで」

と、庭のほうへ連れて行かれた。

池のほとりで、頭の上には木も茂っている。いい風も吹いていて、魚之進からしたら充分に涼しい。

だが、田丸は絶えずうちわを使いながら、

「わしは暑くてへばっているのだ。江戸に来て三年目だが、早く松前に帰りたい。江戸は暑い。よく、こんな暑いところに人が住んでいるものだな」

「はあ」

「それで、オットセイのことだよな」

「はい」

「もちろん食ったことはある。オットセイだけではない。アザラシもアシカも、トドやセイウチも食ったことがある」

「オットセイはわたしも食べました。これがオットセイであればですが」

と、ももんじやのあるじが描いた絵を見せた。

「ああ、そうじゃ。これはオットセイだ。うまかったろう?」

「初めて食ったのですが、なかなかうまかったです」

お世辞である。じつは、うまいというほどには思えなかった。

「そうさ。北の生きものは皆、うまいのさ。魚も江戸あたりで獲《と》れるものとは比べものにならないな。江戸前などと自慢するやつもいるが、蝦夷前《えぞまえ》に比べたら、どぶで育った魚を食っているようなものだ。熊だって、こっちで獲れる熊とは比較にならぬぞ」

「熊もですか」

「熊の肉というのは、魚も鳥も全部ひっくるめて、あらゆる生きもののなかで、いちばんうまいのではないかな」

「そうなので」

味見方としては、この人にはこの先もいろいろ教えを乞うことがあるかもしれない。

「だいたい、寒いと身がしまるだけでなく、頭もよく働くようになる」

「だから、南国の者はいつもあったかいので、頭だってポーっとする。頭も北国の者は南国の者には負けぬと、わしはずうっとそう思ってきた」

「はあ」

「違うので？」

「北国の者が江戸に来たら、暑くてポーっとしてしまい、頭なんか働くわけがない。その点、南国の者は江戸に来ると逆に頭がシャキッとするみたいだ」

「それじゃあ」

「うむ。江戸では南国の者のほうが賢いかもな」

ほんとに弱った顔をするので、魚之進は噴き出してしまった。

「やはり、オットセイは蝦夷にしかいないのでしょうか？」

「そんなこともあるまい。蝦夷に多いが、奥州《おうしゅう》の浜辺にもいると聞くぞ」

「ということは、松前藩を通さなくても、江戸に入ってくることもあるのですね」

「だろうな。ただ、アザラシやオットセイやトドの区別がつけられる者は、そう多くはいないだろうな」

「なるほど」

と、うなずき、

「ところで、オットセイの睾丸の話がありますね？」

「ふっふっふ。やっぱり、それか。早く言えばいいのに」

「あ、いや、そういうわけでは」

「オットセイの睾丸がなぜ効くとされるのか知っているか？」

「いや」

「オットセイは、一夫多妻というか、妾《めかけ》を大勢持つのだ」

「ははあ」

「そんなオットセイのナニなら、当然、人の精力も増すと思うわな」

「ええ」

「試してみればいいではないか」

「試す？」

「持っているぞ」

「そうなので」

「吉原に行こうか。わしも付き合うぞ。江戸で暑くないのは吉原だけだ」

「そうなので？」

吉原が涼しいなどという話は初めて聞いた。

「いい方法がある。偽物をつくり、そなたとわしでそれを飲む。飲んだのが本物か偽物かは、そのときはわからないようにしておく。それで、花魁《おいらん》相手にどれくらい頑張れたかをあとで調べる。本物を飲んだほうが、ちゃんと結果を出していたら、本当に効いたことになるだろうが」

「いやあ、それはちょっと」

「どうした？」

「わ、わたしは、あ、ああいうところは」

「なんだ？　いったん行くと、つい居残りしてしまって、五日ほど帰れなくなるのか？　わしといっしょだな」

「逆ですよ。苦手過ぎて、すぐ帰りたくなってしまうんです」

「そなた、芳町《よしちょう》とか大根畑《だいこんばたけ》がよいのか？」

「いや、そっちはもっと駄目です」

「そんなんで、よく町方などやっているな？」

「わたしは味見方なので、もっぱら食べるほう専門なので」

「だったら、オットセイの睾丸の効果など調べようがないぞ。あんなもの、自分でここそこそ試しても、効果を試したことにはならぬし」

「そ、そういうものですか」

「そういうものだよ」

「ううむ。弱りましたねえ」

しばらく考えさせてくれませんかと言って、この場は逃れた。帰ろうとすると、

「ちょっと持って行けばいい」

と、オットセイの睾丸とやらを持たせてくれた。一回分だそうである。まさか、睾丸を一つ、ぽんと渡されるのかと思ったら、粉になっていて、それを紙に包んだものを持たせてくれたのだった。

四

翌日――。

この日は三日に一度の城に行く日である。

昨日は一人で歩き回ったので、麻次は事情を知らない。

「昨日は大変だった」

「そうなので。お奉行さまと向島に行ったとは伺いましたが」

「うん、まあな」

中野石翁の依頼について、ざっと説明した。

「オットセイの睾丸？」

「聞いたことないかい？」

「いやあ。北斗七星は知ってますが、オットセイというのは知りませんでした」

やはり、家康公の逸話を知っているか、よほどの金持ちで回春剤を求めているような人でないと、オットセイのことなど知らないのだろう。

いつものように平河門から入り、門番に名を告げると、まっすぐ中奥の台所に行くように言われた。

中奥の台所ではすでに社家権之丞が待っていて、

「おう、松武の替わりの新しい鬼役が決まったのでな、紹介しておこう」

と、言った。

「お初にお目にかかります。南町奉行所味見方同心の月浦魚之進と申します。こっちは御用聞きの麻次でございます」

魚之進と麻次は、かしこまって挨拶した。

「湯壺正右衛門《ゆつぼしようえもん》だ」

やけにさっぱりした顔をしている。

「湯壺は中奥の湯殿の管理をしていたが、見事な湯殿の管理が評価され、鬼役に抜《ばっ》擢《てき》されたのだ」

社家がそう言うと、

「抜擢なのかな。わしは左遷ではないかと思ったのだが」

「馬鹿を言え。風呂よりも食事のほうが上に決まっているだろうが。風呂になど入らなくても死なぬが、飯は食わなかったら死んでしまうぞ」

変な理屈のような気がしたが、

「それはそうだな」

湯壺は納得した。

「湯壺はな、見ただけで、湯の熱さがわかるのだ」

「それは凄《すご》いですね」

「なあに、どうということはない」

湯壺は言葉とは裏腹に、顔は相当、自慢げである。

「それで、食事のほうも見ただけで毒が判別できるのではないかと期待されてな」

「…………」

毒きのこくらいは見た目でわかっても、石見銀山《いわみぎんざん》などのような毒物は無理だろうと思ったが、

「まあ、できるよう努力してみるつもりだ」

と、湯壺は決然とした面持ちで言った。

「ところで社家さま。鬼役は薬の毒見もなさるのですか？」

と、魚之進は訊いた。

「薬？　薬はせぬ。わしは御膳奉行だ」

「わしも薬は嫌だよ。あれは見た目ではわからぬからな」

と、湯壺も言った。

「では、薬は誰が？」

「わしも詳しくは知らぬが、たぶん御典医の誰かが、上さまの前で調合し、小姓や茶坊主などにも毒見させたうえで、お飲みいただくのではないかな」

「オットセイの睾丸もですか？」

「オットセイの睾丸！」

「ご存じですよね？」

「伝説の薬だからな。だが、家康公以来、飲まれていないのではないのか？」

「そのあたりは、わたしにはわかりません。御典医はお一人ですか？」

「とんでもない。何人もいる。十人以上いるだろう」

「そんなに」

「なにせ、上さまの脈を取るだけでも、六人で取り、結果を検討し合うというのだからな」

「へえ」

「だが、重要な判断は御典医たちを統括する典薬頭《てんやくのかみ》という役目の医師がするはずだ。これは、半井《なからい》氏と今小路《いまこうじ》氏というお二人がなさっているのだ」

「どちらかのお話を伺えませんか？」

「このところ、今小路氏は高齢で出て来ておらぬようだな」

「では、半井さまに」

「わしには無理だな」

と、社家は言った。面倒なことは避けたいという気持ちは、ニキビよりもはっきりと顔ににじみ出ている。

「ですが、わたしは中野石翁さまから命じられたのです。鬼役の社家さまに断わられたと報告してもよろしいですか？」

「中野さまから？　あ、待て待て。それだと話は別だ。ちとここで待て、訊いて来てしんぜよう」

社家はまもなくもどって来て、

「お会いなさるそうだ」

「そうですか」

「この廊下の突き当たりを左に入った部屋で待っておられる」

「わかりました」

「中野さまには、鬼役の社家が尽力したと報告しておくようにな」

やけに恩着せがましい言い方をして、社家と湯壺は奥のほうにいなくなった。

台所のことではないので、麻次は待たせたまま、魚之進は一人で廊下の奥へ進んだ。なんだか洞窟に入るような嫌な感じである。

視界が急に開けると、四、五十畳ほどありそうな広い部屋の真ん中で、典薬頭の半井宗純《そうじゅん》は、煙草を吸いながら座っていた。この光景だけでも不気味である。

「半井さま。申し訳ありません」

魚之進がおずおずと近づいた。

「典薬頭の半井宗純だ」

「ははっ」

ひたすら畏れ入る。

半井の歳は、五十をいくつか過ぎているか。医者は皆そうで、この人も坊主頭だが、たぶん剃《そ》る必要はなさそうである。頭のどこにも、首筋あたりにさえも、剃ったときの青さがない。毛穴も見えない。汗が出ることはあるのか。なめしたうえに油でも塗ったみたいに、頭全体が光り輝いている。ただ後光は射《さ》していない。この輝きは、十年やそこらではできない。たぶん、かなり若いころから禿《は》げ上《あ》がっていたのではないか。

「町方の者だそうな」

「はっ。特命を受けて、いろいろ調べさせていただいてまして」

「わたしになにを？」

パシッと煙管を煙草盆に叩《たた》きつけて訊いた。

どうやら機嫌はすこぶるよくないらしい。それが魚之進の訪問が原因なのか、それともその前からなのか、昨夜、惚《ほ》れた女を口説き切れなかったのか、そこまではわからない。

「オットセイの睾丸についてお伺いしたいのですが」

「オットセイの睾丸？　なにゆえに？」

「いや、それはちょっと」

なぜだか知らないが、わざと返事をぼかした。

「どんなものか、知っているのか？」

「いや。なんとか入手しようとは思っているのですが」

「睾丸はそのかたちのまま、手に入るのではないぞ。乾燥させてあって、名を海狗《かいく》腎《じん》と呼ぶものだ」

「かいくじん？」

「海の狗《いぬ》の腎臓と書く」

「海の狗でしたか。たぬきではなく」

「たぬき？　なにを言っておるのだ」

「あ、いや。半井さまはお持ちなので？」

「当たり前じゃ。わしは医者のなかの医者と言われる典薬頭だからな、海狗腎に限らず、ありとあらゆる薬を持っている」

「それはどこから入手なされたのです？」

「わしは、懇意にしている京橋《きょうばし》の〈景明堂《けいめいどう》〉という薬屋から入手するぞ」

「景明堂は、それを上さまが飲むかもしれないということはご存じなので？」

「どうかな。ことさらに言ったりはせぬが、わしが典薬頭ということは知っておる。なので、上さまがお飲みになるかもしれないとは思っているだろうな」

「なるほど」

「もう一度、訊く。そなた、なにゆえにオットセイの睾丸のことなどを？」

「調べるように仰せつかりまして」

「誰から？」

「ちと、それは」

「ことは上さまに関することだぞ」

そうまで言われると、黙っているわけにはいかない。

「中野石翁さま」

「なんと」

その名を聞いて、半井は眉をひそめ、口を閉ざした。中野石翁はそれほど恐れられているのだろうか。それとも、すでに石翁とのあいだでなにかあったのか。

「半井さまは、世に言われるほどの効果はおありだと思われますか？」

「知らぬ。わしは使ったことはないのでな」

そう言って半井は怒ったような顔で立ち上がり、魚之進との対話も無理やり打ち切ってしまった。

魚之進は、台所にもどった。

「どうでした、旦那?」

麻次が訊いた。

「うん。なにもわからない。だが、次に行くところは決まった。京橋の景明堂という薬屋だ」

五

景明堂は大きな薬屋である。

しかも、薬屋の店先につきものの、大きなビラなどはまったく貼られていない。ただ、軒先の大きな看板に、景明堂の屋号と炎をかたどったような商標とともに、〈千年長命丸《せんねんちょうめいがん》〉という昔から有名な薬の名前が彫られている。千年長命丸はその名のとおりに長生きの薬で、どういう症状のときに飲むといった薬ではないらしい。

毎朝これをたっぷり煎じて飲めば、だいたい体調は悪くはならないらしい。体調は歳を取るごとに悪くなるものだが、これを飲んでいると、下降はかなり穏やかになるのだという。高い薬で、一服につき二分ほどする。よほどの金持ちでなければ飲めないが、それでも豪商の多くはこれを飲んでいるらしい。

店は混んでいる。客の大半は、商家の手代か、若い女である。若い女はたぶん自分で飲むわけではなく、旦那に言われて買いに来ているのだろう。

魚之進は身分を名乗り、あるじに面会を求めた。

あるじはすぐに現われた。

「あるじの九左衛門《きゅうざえもん》にございます」

半井宗純同様に、景明堂九左衛門も見事なほどの禿頭《とくとう》だったが、歳はこちらのほうが十ほど上ではないか。頭にはいくつもシミが出て、耳の周辺には苔《こけ》みたいなものがこびりついている。

「御用はなんでしょう?」

「オットセイの睾丸について訊きたいことがあってな。お城の半井宗純さまは、こちらで仕入れると伺ったので」

「はあ。だが、まだじっさいにお届けはしておりませぬ。今後、増えるかもしれないとは伺いましたが」

「そうなのか」

「一部では名ばかり有名な薬ですが、近ごろはあまり入手できなくなっておりまして」

「ここにもない？」

「いや、あることはあります。欲しがる方があるー定数おられて、その方たちの分は確保しなければなりませんので」

「何人くらい？」

「いや、まあ、それはちょっと」

あるじは口を濁した。その方たちというのは、いずれも江戸中に名を知られた人たちなのだろう。

「半井さまは、持っているとおっしゃっていたが」

「ああ、それはだいぶ前にお買い求めいただいた分でしょうな」

「なるほど」

それが、上さまの求めで足りなくなりそうなのか。

だが、松前藩の田丸は、初対面の魚之進に一服分だがただでくれたのである。これも金やほかのものと同様に、あるところにはあるのだろう。

「やはり高価なんだろうな」

「それはもう」

「千年長命丸とではどっちが高い？」

「いや、オットセイのほうがぜんぜん上でございますよ」

「そんなに。それは入手が難しいからか？」

「難しいです。手前どもでは、北前船《きたまえぶね》を持つ廻船《かいせん》問屋に声をかけていて、蝦夷のほうに向かったとき、もしオットセイを入手したときは、睾丸を取っておいてくれと頼んでおりまして」

「ということは、こちらには睾丸だけが来る？」

「ええ。それをこう輪切りにしましてな。陰干しで乾燥させるのです。夏などは腐りやすいですから、入手するのはたいがい冬だけになります。オットセイも、夏はずっと北のほうに行ってしまうのだとか」

「それで海狗腎になるのか？」

「よくご存じですね」

「いや、まあ」

「近ごろ、一つ、入手できましたので、いまは陰干ししているところでございます」

「その廻船問屋は？」

「神田佐久間河岸《かんださくまがし》にある〈西洲屋《せいしゅうや》〉さんですが」

「西洲屋か」

どこかで聞いた名前である。

さっそく訪ねてみることにした。


西洲屋に来た。

魚之進が店の前に立つと、

「あ、これは月浦さま。どうも、あるじの庄蔵《しょうぞう》でございます」

にこにこしながら、挨拶してきた。

「あ、そうか。どうも、名前を聞いたことがあると思ったんだ」

「はい。以前、お奉行さまとごいっしょした宴会で」

「そうだった」

そのときは挨拶だけだったので、商売の中身などは詳しく聞かなかった。ただ、西洲屋という屋号だが、商売はもっぱら北のほうとやっていて、それは何代か前に西のほうで海賊に追いかけられるという大変な目に遭ったためだということだった。

「今日はなにか？」

愛想のいい商人である。

「うん。オットセイの睾丸のことで、ちょっと調べることがあってな」

「オットセイの睾丸？　ええ。蝦夷に行った際に、もしオットセイが捕獲できたときは持って来ます。ただ、オットセイは似た生きものが多いのでして、誰でも捕まえられるかということもあって」

「難しいらしいな」

「うちでは、函館生まれの船乗り頭で波蔵《なみぞう》という男がいて、その波蔵が獲ってきたやつを持ち帰りますな」

「睾丸だけ？」

「いや、オットセイの毛皮もいい値で売れるし、肉も売れますから、丸ごと持って来ますよ」

「腐るだろう？」

「ぐずぐずしてればね。でも、うちの船は速いですから。蝦夷を出て、江戸まで七日もあれば到着します。塩を上手に使えば、夏でも大丈夫です」

「波蔵って人は？」

「いま、江戸にいます。うちの裏で寝泊まりもしていますよ」

「会いたいんだがね」

「どこで遊んでいるのか。でも、まもなくもどるでしょう」

上がるように勧められたが、店の前で待つことにした。

景気のよさそうな店である。蝦夷の昆布は味がよく、料亭などは高値でも欲しがると聞いた。ほかにも、貝や干物など、北前船が江戸にもたらす物産の豊富さは驚くほどである。味見方としては北国の食糧についてはもっと調べが必要だろう。

「旦那。あれじゃないですか」

麻次が指を差した。

遠くから、異様な男がやって来た。

全身、真っ黒である。顔や手足は日焼けしているみたいだが、黒い半纏《はんてん》らしきものも着ている。夏に着る色ではない。

近づくと、どうやら熊の毛皮の半纏らしいとわかった。この暑いのに。

目が合うと、魚之進が驚いたような顔をしていたからか、

「おれは熊じゃないですぞ。人ですぞ」

と、波蔵は笑って言った。

六

魚之進がオットセイの話を訊かせてくれと頼むと、波蔵はにやりと笑って、

「ただで？」

と、言った。

「え？」

魚之進が麻次を見ると、

「おい、お上の調べだぞ」

麻次はいささか脅すように言った。

「あっしの話は珍しいものですぜ。酒をごちそうしてくれるくらいの面白さはあると思いますがね」

「ああ、いいよ。じゃあ、そば屋で一杯飲みながら話を聞こうじゃないか」

魚之進は、佐久間河岸の並びで久右衛門河岸《きゆうえもんがし》のほうにあったそば屋に入った。ここは一度入ったことがあり、たしか麻布の更科《さらしな》の流れのそばだったはずである。

「ああ、江戸のそばはうまいですよねえ。そばばかりは、蝦夷も勝てませんよ」

波蔵は嬉しそうに言った。

店のなかは板の間になっていて、端の席に座った。

板わさに卵焼き、それと天麩羅《てんぷら》そばのそば抜き——いわゆる「抜き」をつまみに頼み、燗《かん》をつけた酒を二本頼んだ。魚之進は飲むつもりはない。麻次も仕事中なので、控えたいと言った。

波蔵は手酌で酒を飲みながら、

「オットセイは蝦夷にもともと住んでいる連中には大事な生きものでしてね」

と、始まった。

「そうなんだ」

「毛皮が連中には欠かせないんですよ。それと、脂もです。肉は食べますが、オットセイよりうまいものはいくらもありますから」

「熊かい？」

と、魚之進は訊いた。

「お、熊のうまさを知ってますかい」

「話に聞いただけだけどな」

「熊は肝が高く売れますしね。オットセイのタマもいい値で売れますが、熊の肝のほうが高いです」

「あんた、今度はオットセイを持って来たんじゃないのかい？」

「持って来ましたよ。でも、タマは西洲屋の旦那に取られますのでね」

「そうなのか」

「そのかわり、あっしは皮と肉はもらいます」

「それはどうするんだ？」

「両国橋の近くの、ももんじやって店に持って行きますよ」

「やっぱり、あんただったか」

と、魚之進は言った。これで、オットセイの足取りは完全にわかったのだ。

「もしかして、タマが欲しかった？」

波蔵は真っ赤な顔で、ニヤリと笑った。その笑いは酔っ払い特有のだらしなさに溢《あふ》れている。まだ、酒一本を飲み終えていないはずだが、意外に酒は強くないのか。

「タマが欲しいというより、ほんとに効くのかどうか、知りたくてね」

「そりゃあ、効きますよ」

「ほんとに？」

「ただ、あっしはニンニクのほうが効くと思います」

「ははあ」

「でも、ニンニクは臭くて、相手に嫌がられますわな。でも、オットセイのほうは……」

そう言いながら、うとうとし始めた。

「あれ？　波蔵？」

「江戸の酒とつまみは最高ですね」

「まだ一本も飲んでないぞ」

卵焼きと抜きは食べ終えたが、一合のちろりの酒はまだ底のほうに少し残っている。が、波蔵はすでに息まで赤く見えるほどである。

「あっしは、一本飲めば、充分酔えるんです。うわばみと違います」

そう言うと、波蔵は壁に頭をつけ、いびきをかき始めた。

寝ている波蔵を見ながら、

「オットセイの睾丸の足取りは、ちゃんと辿《たど》れたな」

と、魚之進は言った。

「ええ」

「城の典薬頭から薬屋、廻船問屋、そして船頭の波蔵まで来て、またもどれば、ちゃんと典薬頭まで行くんだ。それでだが、あくまでももしもなんだが、このオットセイの睾丸に毒を入れようと思ったら、どこで入れられると思う？」

魚之進はそっと周囲を見回し、小声で言った。

「入れられるんですか？」

「それはわからない。だが、上さまが欲していると知ったら、どこかで毒を混ぜないとは限らないだろう」

もしかしたら、中野石翁はそれが頭にあって、調べを依頼してきたのではないか。

「そういう場合は、口にされるところに近い者がするのでは？」

「典薬頭か？」

「ええ。それはないですか？」

「いや、おいらは端《はな》からそう思っていたよ」

魚之進はそう言うと、背筋に冷たいものが走ると同時に、てらてらと不気味に輝く禿頭が目に浮かんだ。

七

いったん奉行所にもどり、筒井和泉守がまだ執務中だったので、今日のことをざっと報告した。

「ほう。典薬頭から薬屋、廻船問屋、そして船頭までな。たいした収穫ではないか」

筒井は、自ら火鉢の上の鉄瓶から手元の茶碗《ちやわん》に白湯《さゆ》を注ぎながら言った。

「ですが、肝心の中野さまの依頼は」

「うむ。それは無理せずともよい」

筒井は白湯を一口飲み、笑って言った。

「ですが」

「わしの勘だと、中野どのはご自分でも試している」

「そうなので？」

「自信がないから、若いそなたにも訊いたのだろう。それに、味見方への依頼だから、効き目というふうにおっしゃったのだろうが、肝心なことは、その背後だ。それはちゃんと追いかけたではないか」

「は」

「明日、お城で中野さまにお会いするので、ここまでのことは報告しておこう」

「よろしくお願いします」

魚之進は、奉行の部屋から退出した。

その帰り道——。

魚之進はお静への土産にしようと、今川焼《いまがわやき》を買った。本所で評判の那須屋弥平《なすややへい》が、材木町《ざいもくちょう》に出店をつくり、たいそうな人気になっていた。小豆は大粒屋で仕入れているらしい。五人ほど並んでいたのを待って購入し、熱いうちに持ち帰ろうと、足を速めたとき、男たちに取り囲まれた。提灯《ちょうちん》を持っていないので、顔までは見えないが、いずれも着流しの町人である。

「なんだ？」

答えない。

まさかいっしょに酒でも飲みたいわけではないだろう。物騒な気配がぷんぷんする。五人いる。五人もである。後ろにも回られた。

「南町奉行所の同心、月浦魚之進と知ってのことか？」

応えず、前の二人がドスを抜いた。ヤクザに間違いない。

背筋が凍りついたようになったが、咄嗟《とっさ》に今川焼を前の男に投げつけた。「あちっ」と、ひるんだ隙に刀を抜き、正面の男の手を切ると、そのまま駆けた。

向こうも駆けながら、

「野郎、待ちやがれ！」

声をかけながら追いかけてくる。足も速そうである。魚之進は二刀を差しているうえに、長刀は抜いたままだから走りにくい。

振り向きはしないが、いまにも背中を突かれそうな気がする。

「助けてくれ！」

大声で叫んだ。

前方に辻《つじ》番がある。桑名《くわな》藩《はん》の松平家《まつだいらけ》が出している辻番である。なかから、番士が三人ほど飛び出して来た。

「どうした？」

向こうから訊いてきた。

「こいつらがいきなりドスを振り回してきたんだ」

「よし。助太刀いたそう」

番士たちも突進して来た。

ヤクザたちは慌てて足を止め、逃げて行くのがわかった。

そこでようやく振り向くと、けっこうあいだは開いていたらしい。充分、逃げ切れたかもしれない。

助かったと思ったら、身体の力が抜け、道端にしゃがみ込んだ。息も上がってしまい、しばらく激しくあえいだ。

「大丈夫か?」

魚之進のところまで来た番士の一人が訊いた。

「うん。いきなり取り囲まれ、ドスを向けてきたんだ。一人の腕は斬ったみたいだけど、あとは無我夢中で逃げた」

「何者なのだ?」

「わからない。だが、武士ではない。ヤクザだろう。いや、助かりました」

立ち上がって、頭を下げた。

「ところで、おぬし、助けてくれと言っていたな」

三人のうち、いちばん年嵩《としかさ》の武士が言った。

「ええ」

「あれはやめたほうがいい」

「は？」

「武士としてみっともないぞ。そういうときは、曲者《くせもの》だとか叫ぶのだ」

叱るというより、親身の忠告らしい。

「ああ、なるほど」

とは言ったが、別に武士が助けを求めてもいい気がする。

それにしても、なぜ、ヤクザに襲われたのか。もしかして、大粒屋を狙い、へらへらの万吉を殺したやつらの仲間だったのか。

辻番の連中といっしょに逆に追いかけるべきだったが、ことすでに遅しだった。

八

その報《しら》せを聞いたのは、翌日の夕方だった。

奉行の筒井から知らされた。なんと、御典医の半井宗純が自害して果てたのだという。お城の下乗御門《げじょうごもん》の横のちょっとした木立のなかで、腹を掻《か》き切ったのだ。

「なにゆえに？」

魚之進は訊いた。

「わからぬ。ただ、わしが今日の昼前に、お城で中野石翁さまと会い、そなたがこれまでに調べたことなどを報告した。すると、中野さまはそれから典薬頭の半井を呼び出していた。そこで、なにを話したのかは、わしは聞いておらぬ」

「そうでしたか」

「そなた、思い当たることはあるか？」

「なきにしもあらずですが」

「申せ」

「証拠というのはなに一つ摑めていないのですが、やはりオットセイの睾丸のことで、半井さまになにかよからぬ動きがあったのではないでしょうか。そこで、わたしが動き始めたことで、計画が発覚するのを恐れ、結局、自害してしまったのでは……」

「それは辻褄《つじつま》の合う話じゃな」

「はい」

魚之進には確信があった。

「中野さまは、そこまでお見通しだったのかな」

「…………」

そこはもう一つわからないところがある。


この晩は宿直に当たっていた。

宿直は見習いのころにはなかったが、正式な同心となると、月に三度は奉行所内に泊まり込まなければならない。そのかわり、宿直の翌日二日間は、役宅でのんびりできる。奉行所の同心の宿直室は一人部屋になっていて寝心地もよく、酒は禁じられているが、とくに不都合はない。

――どうしよう。

魚之進の前には、松前藩の田丸用人からもらったオットセイの睾丸がある。いや、粉にしてあるので、海狗腎と言ったほうがいいだろう。ずっと持ち歩いているが、飲む機会はない。

役宅で飲もうかと思ったが、いまはお静がいる。変な気分になって、悶々《もんもん》するのはまだいい。そのまま寝たら、寝ぼけてお静の寝間に入ったりするかもしれない。

そんなことを思ったら、とても役宅では試す気になれなかった。

紙包みを開けた。茶色い粉である。臭いはとくにない。火鉢の鉄瓶から湯冷ましを茶碗に注いだ。しばらく迷ったが、ずっと持ちつづけるのも鬱陶しい。思い切って口に入れ、湯冷ましといっしょに飲み込んだ。少しむせたが、なんの味もしなかった。

そのままじっとしている。春本でも持って来ればよかったが、それもない。奉行所のなかの書庫には、取り締まりの対象になった春本や春画がいっぱいあるらしいが、わざわざそれを探しに行く気にもなれない。

そのとき、廊下で足音がした。

「げっ」

悪事でも見つかったみたいにドキリとした。

戸が開いた。十貫寺隼人だった。

「お、魚之進。今宵《こよい》は宿直か」

「はあ」

「ちょうどよかった。いっしょに来い」

うむを言わさず、連れ出された。

舟に乗った。漕いでいるのは奉行所の小者《こもの》である。

初夏の夜風が心地よい。

「深川あたりでなにか？」

魚之進は訊いた。

「うん。吉原でな」

「よ、吉原？　例の殺しは解決したのでは？」

吉原で、花魁《おいらん》の殺しがあった。奇妙な殺しだったのだが、十貫寺が見事な推理をして、それを解決したのだ。つい数日前のことで、さすがに十貫寺だと奉行所内でも評判になっていた。お奉行からも直々にお褒めの言葉をかけてもらったらしい。

「殺しは解決し、下手人も挙げた。隣の妓楼《ぎろう》の花魁だったのだが、それで花魁同士のいさかいが起きたのだ」

「ははあ」

「乱闘になっているので、手を貸してくれと連絡が来たわけだ」

「そ、それはまた」

今戸橋をくぐって、山谷堀《さんやぼり》をしばらく行ったところで舟を降り、いわゆる日本堤《にほんづつみ》を駆けた。大門《おおもん》をくぐると、すでに大勢の悲鳴のような声が聞こえている。

「やってる、やってる」

仲之町《なかのちよう》の大きな妓楼に飛び込んだ。

「こら、よせ！　南町奉行所だ！」

十貫寺が叫ぶが、すでに女たちは取っ組み合いの喧嘩になっている。周囲には男の若い衆もいるが、呆然《ぼうぜん》としている。

「なぜ、止めないんだ？」

魚之進は若い衆に訊いた。

「止まらないんです。止めようとしたけど、ほら」

と、顔の引っ掻き傷を見せ、

「あっちは商売物の顔と身体だから、傷つけるわけにはいきませんしね」

「そういうことか」

仕方なく魚之進も割って入った。

「よしなよ。よせってば」

「なによ、あんた」

花魁は止める魚之進に抱きつくように相手の妓《おんな》につっかかる。引っ張り合いなどしたものだから、着物がはだけ、胸のふくらみまで露《あら》わになっている。そこから妓の汗の匂いだけでなく、いい匂いも立ち上ってくる。

「とにかく落ち着いて」

「落ち着いてなんかいられない」

「まあまあ」

身体同士が密着した。妓の身体は柔らかい。夏だから、薄着でもある。胸のふくらみはもちろん、下腹の凹凸も、足の付け根の感覚もある。妓は可愛《かわい》い。たぶん売れっ子の花魁なのだろう。

魚之進の動きが止まった。

「え？」

妓が下を見た。

「あ」

魚之進は慌てて離れた。袴《はかま》が不自然なかたちに盛り上がっている。短刀を隠しているわけでもない。

「やあね、旦那。こんなときに」

妓がやさしく言った。

「あ、違うんだ。これは」

「違わないでしょ。なるべきものが、そうなってるんでしょ」

花魁は笑った。その笑顔がまた、可愛らしい。

周りの妓たちも異変に気づき、取っ組み合いを止めた。

皆、魚之進を取り囲んでいる。

「やあだ、同心さま」

「そんなに飢えてるの？」

「あとであちきの部屋においで」

「元気ねえ」

妓たちの喧嘩は、魚之進の袴のなかの勃興によって、見事におさまっていた。

九

翌日——。
魚之進は奉行の筒井和泉守とともに、向島の中野石翁の屋敷に向かった。調べの終了を報告するためである。

「ご苦労だった。して、わしの依頼の返事は？」

と、中野石翁は訊いた。その問いには、なぜか必死の思いが感じられる。

「効き目はあると思われます」

魚之進は言った。

「ほんとにあるのか？」

中野は驚愕《きょうがく》した。

「はい。かなりの効き目が」

と、魚之進は深々とうなずいた。なければあんなことにはならない。昨夜は皆に囲まれ、大笑いされても、なかなかおさまってくれなかったのだ。

「試したのか？」

「何度も使ったという者から聞きました」

あの失敗は恥ずかしくて報告はできない。

「わしはないと思っていた」

中野石翁は眉をひそめ、庭のほうを見て言った。落胆の気配がある。庭にはここの女中だろうか、若い女が立っていた。川の流れを眺めるようすは、どこか寂しげだった。

「そうなので」

魚之進はなにげなく床の間に目をやった。するとそこに紙袋があり、見覚えのある商標が入っていた。炎をかたどったもの。京橋の薬屋〈景明堂〉のものだった。

——もしかして、海狗腎？

そう思ったが、確かめるわけにはいかない。魚之進はもう一度、庭の若い女に目をやった。女は桜の木に寄りかかっていた。まるで男に寄り添っているような色っぽさだけでなく、どこか満たされない思いみたいなものが感じられた。

「だが、典薬頭の半井が熱心に上さまに勧めていたのでな」

と、中野は元気のない声で言った。

「半井さまが？」

「ああ」

「上さまがご所望《しょもう》なさったのではないのですね」

「逆だったのさ。だが、上さまは勧められたものだから、俄然《がぜん》、興味を持たれるようになってな」

「ははあ」

「わしも家康公さえ飲んでなかったら、そんな怪しげなものはおやめになったほうがと止めるのだがな」

「上さまはすっかりその気に？」

「そうなのさ。なまじ探求心旺盛のところがおありなのでな」

もしかして、それは自分のことではないのか。

「だから、中野さまは効き目を調べろと？」

「ま、そういうことだ」

あるいは、中野自身が効果のほどを確かめたかったのではないか。本当に効くものなのか。もし、効かなかったら、それはもうどうしようもないということなのか。いろいろある大人の事情。

「でも、半井さまは自害なさいました」

と、魚之進は言った。

「うむ」

「理由はわかりませぬが」

「いや、わかる」

「わたしが動き始めたからでしょうか？」

「そうだろう。しかも、そのあとでわしは、半井にひとこと告げておいた。よもや、よからぬことは企図しておらぬだろうなと」

「ははあ」

「半井は暗殺の陰謀に関わっていたのだろう」

「ええ」

「やつには悪が近づきやすいところがあった。どうも賭博を好み、家にはヤクザが出入りしていたらしい」

「ははあ」

やはり、あの夜、魚之進を襲ったヤクザは、半井の依頼だったようだ。それは失敗に終わり、半井はますます追い詰められた。

「危ないところだった」

と、中野石翁は言った。

「そうですね」

「そなたのおかげで危機を回避できた」

「いえ、それは中野さまが……」

今回、中野は図らずも二つのことを知ったのだ。一つは将軍に迫っていた毒殺の企《たくら》みを。そしてもう一つは、中野の股間に訪れた枯淡の季節を。

「薬にも鬼役は必要かもしれませぬ」

と、魚之進は進言した。

「うむ。小姓や茶坊主では、飲んだふりをしないとも限らぬからな」

「御意」

「上さまには、オットセイの睾丸も我慢していただこう。飲めば効くのだろうがな」

中野石翁はつらそうな顔で言った。

第三話　おやじのおじや

一

「吉原でそんなことになったのかよ。あっはっは」

本田伝八《ほんだでんぱち》は、上を向き、大きな口を開けて笑った。

「みっともないったらありゃしねえよ」

と、魚之進はうなだれて言った。つくづくそう思う。

「でも、まあ、お静さんにそんなとこを見られなくてよかったよな。お静さんに見られたら、あら嫌だ、魚之進さんたら最低、とか言われて。くっくっく」

今度は身体を折り畳むようにして笑った。魚之進の失態がよほど面白いらしい。

が、それはたぶん、自分にも起こり得る失敗だから、その笑いには共感や同情も含まれているに違いない。

「ほんとだな。それは不幸中の幸いかもな」

魚之進もそんな場面を想像したら、ゾッとしてしまう。

「そのまま吉原に泊まろうとは思わなかったのか？」

「馬鹿言え。おれはああいうところはいやだよ」

じっさい、十貫寺隼人や何人かの花魁にも勧められたのである。だが、必死に固辞して、逃げて来たのだった。背中のほうで、「あの同心さま、可愛い」などという声も聞こえていた。

「まあな。おれもその気持ちはわかるよ」

「やっぱり気持ちがないとな」

「だよな」

と、本田はうなずき、

「でも、そこがおれたちがもてないことにつながるんだぞ」

真剣な顔で言った。

「そうなの？」

「遊んでるやつのほうが女慣れしてるだろうが」

「まあな」

「女だって、やたら緊張してガチガチになった男より、気軽な感じで話せる男のほうがいいに決まってるだろうが」

「そりゃそうだ」

魚之進は、劣等感からだろうが、どうしても女と対峙すると、緊張してしまう。

毎日、同じ屋根の下にいるお静にも、話が合うおのぶにも、緊張はつきまとってい
る。

「なんとかならねえもんかな」

本田はしみじみと言った。ほとんど病人がいい薬を探しているみたいである。

「まったくだ」

魚之進が頑張らないと、月浦家もここで終わりになるかもしれない。

二人でしばらくため息をつき、

「さて、そろそろ酒は終わりにして、最後、おじやで締めるか」

と、本田は言った。

「そうだな」

「おやじ、おじや」

本田は、調理場にいたこの店のあるじに言った。もう五十過ぎの、いかにも頑固
そうな飲み屋のおやじといった風体である。

ここは、霊岸島《れいがんじま》の将監河岸《しょうげんがし》にある飲み屋で、どちらかというと本田の行きつけの
店だが、魚之進も本田といっしょに何度も来たことがある。

このおやじは、酒のあと、必ず卵を入れたおじやを勧めた。おじやというのは、

鍋料理で最後に残った汁に入れてつくるものだが、ここでは鍋料理を食べなくても、おじやを出してもらえる。じっさいうまいのだが、食べないと機嫌が悪くなるくらい、おやじの自慢の料理でもあった。客のほうでも名物扱いして、「おやじのおじやを食わないと酒は終わらねえ」などと言っていた。

ところが——。

「ああ、おじやね。ないよ」

と、意外なことを言った。

「え？」

「おじやはねえんだ。しばらくつくりたくねえんだ。そこらで夜鳴きそばでも食って、帰ってくれ」

調理場で樽《たる》に腰をかけたまま、こっちには出て来ないで言った。

「そうなの」

本田は呆気《あっけ》に取《と》られた顔をした。

魚之進は、わきにいた常連らしき客に、

「どうかしたの？」

と、そっと訊いてみた。

「わからねえんです。ぱたりと勧めなくなったんでさあ」

「なにかわけでもあるのかい？」

「もしかして、隣の漁師が殺されたことと関係があるんですかね」

「そんなこと、あったの？」

魚之進は驚いて、本田の顔を見た。

本田もそれは知らなかったというように、首を左右に振った。

「あったんですよ、先月に」

「先月か」

ということは、北町《きたまち》奉行所の月番である。知らなかったのも無理はない。

「下手人は？」

と、魚之進は訊いた。

「まだ捕まっていねえんです」

「そうなのか」

なにか嫌な感じがする。

「調べたくなったのか？　でも駄目だぞ」

と、本田が言った。

「わかってるよ」

北町奉行所が担当している事件に首を突っ込むのは、互いに掟破《おきて》りとなる。このところ、北町奉行所のほうが、縄張りについてかなり神経質になっているらしい。南に対抗して、味見方を新設しようかという声もあるらしいのだ。

二

翌日――。

魚之進は奉行所に着くと、すぐに安西佐々右衛門のところに行き、

「安西さま。先月の北町奉行所の事件帖は来てますか？」

と、訊いた。

安西は、来月の宿直当番の予定をつくっているところだったが、

「ああ。来ているが、なにかあったのか？」

「はあ。ちょっと気になることが」

「食いものがらみなんだろうな」

「食いものがらみじゃないとまずいんですか？」

「食いものがらみなら、たとえ北の事件でも、お前がからんでも言い訳が立つだろう」

「ああ、おじやがからみます」

からむといっても、おじやで殺されたとか、おじやの代金で一両取られたとか、そんなたいそうなものではない。言うのもはばかられるくらいである。

「ふうむ。おじやがな」

安西は、それ以上突っ込もうとはせず、机の上の隅にあった綴《と》じられた報告書を見せてくれた。「事件帖」とは書いていない。単に、年月と北町奉行所の印が押されているだけである。しかし、同心たちはこれを事件帖と呼び、始終、目を通している。調べが南北でかぶったときなど、あとあとややこしくなるからだ。

持って行こうとすると、

「持って行っては駄目だ」

と、言われた。

「なぜです？」

「それは原本だ。書き込みなどされたら困るからな」

「しませんよ、そんなことは」

「いいから、そこで読め」

と、わきの机を指差した。

「わかりました」

早速、読み始める。といっても、いちいち詳しく読んだりはしない。斜め読みである。将監河岸とか漁師などという言葉を拾ううち、

「あ、これだ」

それはちゃんと載っていた。

事件が起きたのは、六月二十七日の夜である。

殺されたのは、友治《ともじ》という漁師、三十六歳。代々の漁師だが、家族は皆、亡くなって、一人暮らしだった。

友治はその日、見たこともない男を舟に乗せ、沖に出て行った。

そして、深川沖で背中を短刀で刺され、死んでいた。

発見したのは佃島《つくだじま》の漁師たちで、見つけたときはまだ、血も乾ききっていなかった。それで、五つ（午後八時ごろ）に殺されたのだろうと推定。

いっしょに行った男は行方不明。

見かけた近所の年寄りによると、若旦那ふうのおとなしげな男だったという。

霊岸島川口町《かわぐちちょう》の番屋に報告があり、北町奉行所が調べに乗り出した。

「これだけかあ」

と、魚之進はつぶやいた。

だが、これはしかたがない。月末に起きた事件であるため、ろくに調べが進まないところで、南町奉行所への報告書を書いたのである。

まだ、下手人は挙がっていないらしいが、それでももっと詳しいことがわかっているはずである。

「ありがとうございました」

見終えたので、魚之進は書類を安西に返した。

「もう、いいのか？」

「はい」

長居は無用と引き下がろうとすると、

「北町奉行所だがな。やはり、味見方を新設するらしいぞ」

と、安西は言った。

「そうなので？」

噂は聞いていたが、まさか本当にできるとは思わなかった。

「こっちの味見方が、かなりの悪事を取り締まったことで、北町もだいぶ焦ったらしい。しかも、味見方などという名にすると、真似したみたいで」

「真似でしょう」

「ま、それは言うな。それだと、お気楽そうな印象になるから、南では食糧方とするんだそうだ。業務の中身はうちとほぼいっしょらしい」

「食糧方……」

確かにそっちのほうが重々しい気がする。味見では、人差し指をちょいと入れるだけだが、食糧方となると、五本の指でむんずと摑みそうである。

「人員は同心が三名で、それぞれ小者や御用聞きが付くらしい」

「三人もですか」

これには魚之進も驚いた。南は魚之進が一人だけである。

「だが、うちのお奉行は、味見方の人員を増やすというつもりはないそうだ」

「そうなので」

「余計な人数など増やしたら、月浦がやりにくかろうと思ったらしい」

「それは……」

一人くらい追加してくれても、やりにくくなんかない。むしろ、魚之進としては大変ありがたい。なんならお城の調べのほうを代わってもらいたい。だが、お奉行の気持ちは揺るがないとのことだった。

三

奉行所の玄関から門のあいだに、江戸中の岡っ引きの溜《た》まり場《ば》がある。江戸にはおよそ五百人ほどの岡っ引きがいるが、全員はいない。北町奉行所のほうにも行くし、毎日、来るわけでもない。また、縄張りの番屋のほうで待機する者もいる。それでも、今日も四、五十人ほどの岡っ引きが、ここでたむろしていた。

にゃんこの麻次は、魚之進の姿を見るとすぐに立ち上がり、近づいて来て、

「旦那、今日は？」

と、訊いた。今日も何匹もいる飼い猫の毛が、着物のあちこちにくっついている。

「うん。じつはちっと面倒なことになりそうなんだな……」

と、魚之進はおやじのおじやの件を説明した。

「なるほど。北町さんに叱られるかもしれねえわけですか」

「でも、おいらは調べないと気が済まねえ」

「だったら、しらばくれて、そっとやるしかありませんね」

麻次はにやりと笑って言った。

まずは、奉行所を出ると、数寄屋橋御門《すきやばしごもん》ではなく鍛冶橋御門《かじばしごもん》のほうを渡り、八丁堀の町方の役宅が並ぶ一画を抜け、霊岸島の将監河岸にやって来た。

ここが将監河岸と呼ばれるようになったのは、向井《むかい》将監を頭とするお船手《ふなて》組の組屋敷などがあるからだろう。前を流れるのは越前堀《えちぜんぼり》で、向こう岸は日比谷河岸《ひびやがし》である。日比谷堀や日比谷御門はお城の南側なのに、なぜここが日比谷河岸なのか、魚之進はそのいわれは知らない。

「ここらを縄張りにする雪之助《ゆきのすけ》って岡っ引きは、あっしの昔からの知り合いです。いま、いるかどうかはわかりませんが、下っ引きだのはいるでしょうから、ちっと探りを入れて来ますので、旦那はどこか水茶屋あたりで」

「いや、ここで魚影でも眺めてるよ。釣らないで、魚の影を眺めているだけでも、釣りしてる気分になれるからさ。一句できるかもしれねえし」

「わかりました」

と、麻次はいなくなった。

さっそく河岸の縁に座り込み、水のなかに目をやる。

いまどきは、漁師の舟の出入りもそう多くなく、水面は穏やかで、深いところまで見透かすことができる。ここは大川の河口近くだが、水は海水と真水が潮の満ち引きで行ったり来たりしている。

「お、いる、いる」

まず見つかるのはハゼである。春先は小指ほどの大きさだが、いまはだいぶ大きくなって、手のひらからはみ出すくらいの大きさになっている。

「ああ、近ごろ、ハゼの天ぷら食ってないなあ」

ハゼは江戸っ子の食卓には欠かせない魚で、この甘露煮はしょっちゅうおかずにして食べている。

しばらくハゼの群れが行ったり来たりするのを、ぼんやり眺めた。夏の陽が照って暑いが、水辺で風もあるので、耐えられないほどではない。

ふと、魚が跳ねた。見なくてもわかる。水面を跳ねるのはボラである。水しぶきからして、大きさは六、七寸というところだろう。魚之進は、かつて三尺を超すぼらを釣り上げたことがある。まだ十一か二のころで、途中から兄の波之進に手伝ってもらい、ようやく引っ張り上げたものだった。嬉しさで涙がにじんだ。そのときのことを思い出し、きゅんと胸が締め付けられるみたいになった。

また跳ねた。今度のは一尺ほどあり、ボラの姿もはっきり見えた。銀鱗《ぎんりん》が夏日に煌《きらめ》いた。思わず一句浮かんだ。

　ボラ跳んで銀鱗光る夏陽かな

それを持ち歩いている手帖《てちょう》に書き込んだとき、麻次が帰って来た。

「おう、どうだった？」

「ちょうど雪之助がいましてね、あの殺しの調べにも関わっているそうです」

「そりゃあ好都合だった」

「ええ。おじやの店のおやじは、名前は釜市《かまいち》っていうんだそうです」

「そうなのか」

飲み屋のおやじの名前など、ふつう聞かない。「おやじ」か「おとっつぁん」か「大将」で足りてしまう。

「それで、釜市はあの晩、友治が舟を出すときも店で仕込みをしていたし、その晩はずっと店を開けていました。そのあいだに、友治の死体が発見されたので、釜市は下手人のわけがないので、とくになにも調べたりはしてません」

「そうか」

「ただ、友治の殺された理由を探るため、釜市の店でのことは調べてまして、友治は、あそこじゃそれほど歓迎はされていなかったみたいです」

「ほう」

「酒はそれほど強くなかったそうです。一合か二合をちびちびと飲むくらいでした。ただ、ほかの客がいると、芸をやってみせたんだそうです」

「芸を？」

「ええ。なんか生きものの真似とかなんですが、これが受けないと機嫌が悪くなり、ほかの客に悪態をついたりしたそうです」

「なるほど」

「だが、喧嘩になるほどではなかったみたいです」

「だったら、殺そうとまでは思わないわな」

「それに、店としては、客が誰もいないよりは、一人でもいてくれたほうがいいときもありますよね」

「なるほど」

「なので、たまにはいてくれて、ありがたいときもあったんじゃないかという話です」

「そうか」

　では、やはり釜市は隣の友治が殺された件とは、なんの関係もないのだろうか。

「ただ、雪之助もあそこのおやじのおじやは大好きだったそうですが、あの晩から急に、おじやをつくらなくなったとは言ってました」

「やっぱりそうなのか」

　それがどうしても気になるのだ。

「それで、北町奉行所のほうの調べなんですが、最初に担当したのが新米の定町回りの旦那で、ほとんどお手上げということになりまして、臨時回りの小鳥《ことり》侘蔵《わびぞう》の旦那が担当を代わったそうです」

「小鳥さんが。あの小鳥さんが」

　魚之進は二度もその名を口にした。

四

「久しぶりに小鳥の旦那の名前を聞きましたよ」

と、麻次が言った。

「うん。この三年ほどは、なんでも草津《くさつ》温泉で湯治をしていると聞いていたんだ」

「草津で湯治ですか。草津の湯は、脳の病にも効くんですかね」

「岡っ引きのあいだでも、小鳥さんのことは知られていたのかい？」

「もちろんですよ。三年のあいだに、伝説の同心になりましたが、それまでは北の名物同心でしたよ」

「そうだろうな」

と、魚之進は深くうなずいた。

小鳥侘蔵は、もう五十は過ぎたのではないか。魚之進が十代だったころ、八丁堀でよく姿を見かけ、出会うたびに声もかけられた。

「おい、少年」

と、必ずそんなふうに声をかけてきた。

さらに、こんなことを言った。

「人生に期待なんかしてるんじゃないだろうな」

とか、

「この世はろくなところじゃねえ。覚悟だけはしとけよ」

といった悲観的な人生観を投げかけてくるのだ。前途ある少年への呼びかけではないだろうと思うし、少年たちの親からもしばしば苦情を言われていたらしい。

だが、顔を見ると、当人も本当にそう思っているのだとわかる。この世の苦悩を一身に背負ったような、池の底に沈んだ苔むした石のような、重苦しい表情をしていたからである。

魚之進は、返事をしたことがなかった。声をかけられると、聞きたくないと言わんばかりに手を振って、駆け出してしまうのがつねのことだった。だが、友だちのなかには、

「この世がなぜ、ろくなところじゃないんだ？」

などと、訊き返すやつもいた。すると、近ごろ、奉行所が調べた事件のことを詳しく説明するのだ。そして、殺されたと思える事件は、じつはこの世の苦難に打ちひしがれた挙句の自殺なのだと結論づけてしまう。

そう。この小鳥佗蔵が調べると、殺しはすべて自殺になってしまうのだ。

「でも、臨時回りの同心にもどったということは、草津の湯で治ったんですか？」

麻次は不思議そうに訊いた。

「治ったという言い方は違うだろう」

「でも、あいつは脳の病だとおっしゃる旦那もいましたよ」

「病というよりは、極端に悲観的な人生観の持ち主なんだろうな」

「だからといって、なんでもかんでも自害したってことにしますか？」

「うーん、たしかにそこは変なのだがな」

魚之進も苦笑せざるを得ない。

「あんな人に担当させていいんですかね」

と、麻次は言った。

「だが、いちおうどんな難事件も、それで解決したことになっちゃうからさ」

「そんな」

「北町奉行所としては、重宝しているらしいぜ。どうにも手がかりがなかったら、小鳥に担当させろって」

「じゃあ、今度も？」

「そうだろうな」

魚之進も、北のやり方を聞いたときは、さすがにそれはまずいだろうと思ったのである。いくらまったく手がかりのない事件しか回さないと言っても、すべて自殺で済ましてしまうのは、怠慢のそしりを免れないと。

だが、南町奉行所のことなら、安西に訴えるとかできるが、北町奉行所のことなので、どうにも仕方がないのだった。

「旦那」

麻次が魚之進の背後のほうに顎をしゃくった。

「ん？」

「噂をすればですよ」

「ほんとだ」

その小鳥佗蔵がこっちに歩いて来るところだった。

　字にすると小島に間違えられがちだが、小鳥という珍しい苗字《みようじ》なのである。だが、その苗字がよく似合って、小鳥が餌をついばむときのように、首をちょこまかと動かすのが癖になっている。

いまも、そうやって首をつんつん動かしながら、すぐ近くまで来て、

「お、お前はたしか」

と、足を止めた。

魚之進の聞いた話では、小鳥はこの世を嘆くだけでなく、自分も「早くこの世からおさらばしたい」と言うのが口癖だそうだ。その割には、顔色はすごくいい。同心は五十前後になると、たいがい顔色がどす黒くなったり、黄色っぽくなったり、あるいはむくんだりするのだが、この人の顔の肌は艶々として、毛のない桃のような色合いである。聞けば、酒は一滴も飲まず、煙草も吸わず、好き嫌いなくなんでもよく嚙《か》んで食べるらしい。歯磨きもちゃんとするので、虫歯は一本もないという。

「どうも。南の月浦魚之進といいます」

魚之進はぺこりと頭を下げた。

「あ、そうだ。波之進の弟だよな」

「はい」

「波之進のことは聞いた。まったく、この世ってところはひでえところだよな」

「そうですね」

それを言われたら、この世がひどいところという見解に賛成したくなる。

「いいやつだったよ、波之進は」

「兄をご存じでしたか？」

「ご存じなんてもんじゃねえ。波之進だけだよ、おれの気持ちがわかってくれたのは」

「そうなのですか」

意外だった。兄から小鳥の話を聞いたことがあっただろうか。直接、小鳥の名をあげた話はなかった気がする。だが、兄は一見突飛そうに見える人間も、その突飛さには理由があるというようなことは言っていた。もしかしたら、その突飛な人間に小鳥も入っていたかもしれない。

「皆、おいらはこの世を嘆くだけだと思っているみてえだが、そんなことはねえ。幕府でも町方でも、あるいは豪商たちや医者なんかも、この世をもうちっといいところにしようと思えば、かなりのことはできるはずなんだ。ところが、皆、てめえのことばっかり考えて、世のなかをよくしようなんて考えもしねえ。波之進は、そういうおいらの慨嘆をもっともだと言ってくれたただ一人の同心だったのさ」

「はあ」

そんなふうに聞くと、この人の言うことにもう少し耳を傾けたくなる。

「波之進は味見方ってとこに回されたらしいな？」

「ええ。それで、そのあとをおいらがやってます」

「ここらになにか変わった食いもの屋でもあるのか？」

「というか、この前、ちらりと漁師の友治という男が、釣り舟のなかで殺されたとか聞きまして」

「ああ、あれは殺しじゃねえよ。自殺だ」

小鳥は越中ふんどしと六尺ふんどしを仕分けするみたいに、いとも軽い調子で言った。

「刺されたって聞きましたよ」

「背中から、心の臓を一突きだ」

「それって、自分じゃできないのでは？」

「なあに、人間、死ぬ気になればなんだってできるのさ」

「…………」

そういうふうに使う言い回しだとは思いもしなかった。

魚之進はしばらく唖然《あぜん》となったが、

「自殺の理由なんかあるんですか？」

気を取り直して訊いた。

「大ありだよ」

小鳥は自信たっぷりにうなずいた。

五

「友治は昔、芸人志望だったんだ」

と、小鳥は言った。

「芸人？」

「ああ。それで始終、寄席とかにも出入りし、師匠についたこともあったんだ」

「修業もしたんですか」

「したよ。師匠は噺家の三遊亭円妙《さんゆうていえんみよう》。ここで、十六の歳から八年ほど修業したんだ」

「八年」

八年も修業したら、噺家というのは真打というのになれるのではないか。

「ところが、いっこうに目が出なかったのさ」

「それはつらいですね」

「師匠もついに、おめえは才能がねえと引導を渡した。結局、諦めて家業の漁師になるしかなかった。老いた父親も愛想づかしをしていたんだが、ようやくその気になってくれたかと、家に迎え入れた。その父親も去年、死んじまったけどな」

「ははあ」

「ところが、芸ってのは不思議だよな」

「と言うと?」

「諦めて漁師になってから、あいつの芸は磨きがかかったんだ」

「そうなんですか」

「芸といっても落語じゃねえ。物真似《ものまね》芸だ」

「声色《こわいろ》ですか」

「声色というより、なんだろうな、生きものの動きを真似るんだが、それは誰にでもできることじゃなかった」

「たとえば?」

「猫が化けるところ」

「化けるところ?」

「ぷるぷるって、あの、水なんか浴びたときにやるやつですか？」

「犬のぷるぷる」

「そうだな。そして、猪の突進」

「想像できませんよ」

「とにかく、これらは面白かった」

「でも、受けないと怒ったんでしょ？」

「怒ってもしょうがないくらい面白い芸だったんだ」

「だったら、なぜ、死ななくちゃいけないんです。芸人に憧れ、芸を完成させたら、嬉しくてしょうがないじゃないですか」

「そこがわからねえのか。あんな場末の飲み屋で、酔っ払い相手にやっていて、芸人と自負するやつが満足できるわけねえだろうよ。友治は空《むな》しくなっちまったのさ」

「空しく？」

「空しさくらい、人から生きる力を奪い去るものはねえ。おいらはよおくわかるぜ」

羽織の紐《ひも》をくにゅくにゅいじりながら、小鳥は言った。

「はあ」

「ま、もうちょっと歳を取って、人生というものが見えてきたらわかるさ。じゃあな」

小鳥侘蔵はそう言って、魚之進たちに背を向けた。

「驚きましたね。ああまで自信たっぷりだと、そうなのかと思ってしまいますよ」

立ち去って行く小鳥侘蔵の後ろ姿を見ながら、麻次は言った。

「でも、まったくの当てずっぽうで言っているわけではないんだな。ある程度は、身辺を調べ上げているんだ」

「そうみたいですね」

「いちおう、いま言ったことが本当なのか、確認を取ろうじゃないか」

「誰に確認を？」

「元師匠の三遊亭円妙だよ」

魚之進と麻次は、木挽町三丁目にある寄席に向かった。

幸い三遊亭円妙の出番があって、何人か出たあと、舞台の上に現われた。

「待ってました」

という掛け声があちこちから飛んだ。

円妙が、『饅頭怖い《まんじゅう》』という落語を演じて大いに受け、拍手喝采のなかを楽屋に下がったところに、

「ごめんよ、町方の者なんだ」

と、麻次とともになかに入った。

「これはまたなんでしょう？」

「あんたの弟子だった友治って男が、先月、殺されたのは知ってるかい？」

「ええ、聞きました。あいつも、ついてねえなと思いましたよ」

「ついてない？」

「噺家としては才能なかったんですが、意外に物真似の才能があったのが、近ごろわかりましてね」

「それは本当なんだ？」

「ええ。猫が化けるんですがね、ふつうの猫がふいに目が光り出しましてね、なにかこう、セミが殻から抜けるみたいに恐ろしい化け猫になっていくんですが、あたしは初めてそれを見たとき、仰天し、そして爆笑しました」

「ほう」

「ほかにも、犬のぷるぷるだの、猪突《ちょとつ》猛進だの、鯉の滝昇りだの、いろいろやるんですが、どれもこれも絶品でしてね。あたしは、それなら寄席でも充分、通用する。寄席の旦那衆たちにも根回しをするから、三月ばかり待っていろと。人に言いたいだろうが、いまはまだ内緒にしとけと。その矢先でしたよ」

小鳥佗蔵もそこまでは聞いていなかったらしい。

「じゃあ、殺されたんじゃなくて、自殺だったって説もあるんだが」

「自殺？　いやいや、それはあり得ないでしょう。やつは、また寄席に出られるってんで、大喜びでしたし」

「そのことで、恨まれたりは？　同じ物真似芸をするやつなんか、恨んだりするんじゃないのかい？」

「物真似芸で寄席に出るやつなんかほとんどいませんから、とくに恨むやつはいないでしょう」

「女の恨みなどは？」

「どうですかね。いままでは、うだつが上がらねえから女にも相手にされませんでしたがね。だが、おれの物真似芸は、娘っ子には喜ばれるとは言ってましたね」

「娘っ子に……」

気になったが、円妙はそれがどういう娘なのかは知らないという。

それ以上のことは聞けず、魚之進と麻次は寄席を出た。寄席のなかは、まだ客たちの笑い声に溢れていた。

六

次の日は、お城に行き、とくに変わったことはなく下城して、さらに次の日は非番になっていた。

魚之進は、やはり非番だった本田伝八と夕方から飲みに行く約束をしてあった。行くのは東両国の〈ももんじや〉である。味見方としては、ぜひともいろんな獣の肉を食べておきたいし、それがどういう人の手を経て、ももんじやに来るのかも知っておくべきだった。そのことを本田に言うと、

「おれにも付き合わせろ」

と、ごねたので、いっしょに行くことにした。

本田が魚之進のところに来て、では行くかと外に出たとき、

「あら、魚之進さん、お出かけ？」

ちょうどうなぎのおのぶがやって来た。

「まあね」

「友だちと飲みに行くんでしょ。あたしも行きたい」

「駄目だよ。女が行くようなところじゃないんだ」

「え？　吉原？」

非難するような目でおのぶは訊いた。

「ち、違うよ。なに言ってんだよ。ももんじやってところだよ」

この前、おのぶにはももんじやのあるじが描いたオットセイの絵は見せているが、ももんじやのことは話していない。

「あ、うちの父がときどき行ってるよ。あたしも行きたい」

「どんなところか知ってるの？」

「もちろんだよ。四つ足の肉を食べさせてくれるんでしょ」

「牛とか豚だぞ」

「うん」

「可哀そうだと思わないの？　食べるんだぞ、それを」

若い娘なら、ここを突っつくと、尻ごみするだろうと思って言った。

「可哀そうだとは思うけど、それを言ったら、魚だって鳥だって可哀そうだよ」

「うっ」

「お坊さんならまずいけど、あたしらは可哀そうにと思いながらも、食べられる定めだった生きものは、おいしくいただいたほうが、供養にもなるんじゃないの。力もつくし、病気も治るんでしょ」

「うん、まあ」

それはもんじゃのあるじも言っていた。

「行く」

と、おのぶは歩き出した。

こうなると、おのぶは駄目である。

いままで黙って二人のやりとりを聞いていた本田伝八が、数歩先を行くおのぶの後ろ姿を見ながら、

「あれがおのぶさんか？」

と、小声で訊いた。

「ああ」

本田にはちょっとだけ話してあった。

「なんだよ。話とぜんぜん違うじゃないか」

「違うか？」

「違う。おれはもっと変な女で、ガマガエルみたいな顔した女だと思ってたぞ」

「おいらは、カエルに似ているとは言ったけど、ガマガエルに似てるなんて言ってないだろうが」

「しかも、そう変な感じもしないぞ」

「それはあまりしゃべってないからだ。話せば、ぜったい変な女だと思う」

「そうかねえ。おれにはけっこう可愛い娘に見えるがねえ」

本田はにやにやし、

「あの、おのぶさん」

と、声をかけた。

「はい？」

「おれは魚之進の友だちで」

「はい。聞いてました。本田伝八さんでしょ。料理が上手だとも」

「いやあ、それほどでも」

それから三人で、ウサギは四つ足なのに、どうして江戸っ子は皆、ふつうに食べるのかについていろいろ話すうち、東両国のももんじやに着いた。暮れ六つが近づき、店の前の大きな提灯にはすでに火が入っていた。

武士二人に若い娘という組み合わせは、通り沿いではさすがにはばかられるので、奥の席に座った。客はまだほとんどおらず、肉を買って持って帰る客だけである。

「おのぶさん、酒は？」

と、本田が訊くと、

「うん。嫌いじゃないです」

「ということは、いける口かあ」

牛の肉と豚の肉を、少しずつ焼きながら、酒も飲み出した。

「あ、おいしい」

牛の肉を一口食べて、おのぶは言った。

「どれどれ」

魚之進と本田も口に入れ、

「なあ、本田。これって、うますぎるから禁じたんじゃないか？」

「ほんとだ。こんなうまいものを知ったら、たちまちこの世から牛がいなくなっちまうぞ」

と、舌鼓を打った。

牛は身体の場所によってうまさが違うらしい。おのぶが細長いのが好きだという
と、あるじは牛の尻尾を勧めた。

「尻尾？」

「ここの脂は、とろけるような味わいですぜ」

「では」

と、食べてみることにした。

ほんとに絶品だった。

話ははずむし、食いものはうまいというので、三人はまもなく相当に酔っ払って
きていた。

「魚之進、お前、お静さんより、このおのぶさんのほうがお似合いだぞ」

本田が回らない口で言った。

「え？　魚之進さん、お静さんを？」

おのぶは、いきなり素面《しらふ》になったみたいに驚いた。

それはいままで疑いもしなかったらしい。

「ほんとなの？」

魚之進に訊いた。

「………」

答えられない。まったく本田のやつ、なんてことを言い出すのか。

「衝撃？」

本田がおのぶに訊いた。

「うん」

おのぶは素直にうなずいた。

「魚之進のことが好きだから？」

「それとは関係ない。兄上のお嫁さんだった人をねえ」

おのぶにはその気持ちがわからないらしい。

「おのぶさんは、心が広くて、そういう男の気持ちもわかる人だと思ったけどなあ」

と、本田は言った。

「いやあ、あたしはそういうことには、ちゃんとけじめをつける女よ」

「そうなの？」

「だって、うまくいってないからいいけど、うまくいったりしたら、兄嫁とでしょ。不倫の影が差してるじゃないの」

「不倫の影……」

本田はその言い回しに感心したようだった。

だが、魚之進は感心している場合ではない。そんなふうに言われると、罪の意識がわいてきて、とても穏やかな気持ちではいられない。

「ああ、飲まずにいられない」

おのぶはそう言って、酒を呷《あお》り出した。

「おじさん、もう一本」

酒を頼み、さらに、

「なんでもいいから、いちばん凶暴なケダモノのお肉ください」

と、あるじもびっくりするようなことを言った。

つられて魚之進や本田伝八も、酒を呷り、あるじが持って来た「猪の顔のぶつ切りの煮込み」とやらを、おのぶとともにむさぼり食った。

まもなくして——。

「あ、あたし、駄目」

おのぶが口を押さえて立ち上がり、店を出て、川の縁に向かって走った。吐き気を催したらしい。

「危ないよ、おのぶさん」

魚之進はあとを追い、ふらつくおのぶを抱きとめるようにした。

「うっ」

おのぶは、川の縁に行く前に吐いた。

「そうだ。吐いてしまえ。楽になるから」

魚之進はおのぶの背中をさすってやる。

「すみません、魚之進さん」

おのぶは苦しそうに言った。

「気にするな。おれたちは若いんだ」

自分でもわけのわからないことを言った。だいぶ酔ったのだ。おのぶもおいらも本田伝八も、若さゆえの失敗は許されるのだ。

おのぶの吐き気もおさまってきたらしい。

ずいぶん食べたので、もどした量も多い。

それを見て魚之進は、

——釜市は、吐いたものを見たんじゃないか。

ふと、そんなことを思った。

七

次の日——。

魚之進は麻次にその思いつきを語った。

「吐いたものを見たからですか？」

「似てるだろ」

「だからおじやがつくれなくなったと？」

「そういうこと」

「自分が吐いたんじゃないですよね？」

「もちろん違うよ」

「ですが、飲み屋のおやじなんざ、そんなのは見慣れているのでは？」

と、麻次は異を唱えるように言った。

それは魚之進も考えたのである。飲み屋で吐くやつなんか、別にめずらしくもなんともない。飲み屋のおやじは、始終、そういうのを片づけているはずだと。だが、その場面はなにか特別だったのだ。単なる酔っ払いが吐くのではなく、それは特別なできごとと重なり合うものなのだ。

「なにか裏があるんだ。まだ、わからないなにかがあるんだ」

「はあ」

麻次はまだぴんと来ないらしい。

だが、魚之進はこの推測に自信がある。

「だったら、しばらく張り込んでみましょうか？」

と、麻次は言った。

「釜市をかい？」

「ええ。なにかわかるかもしれませんぜ」

「そうだな。じゃあ、やってみてくれ」

魚之進は、しばらく麻次にまかせることにした。

麻次と別れると、頭が痛くなってきた。

昨夜は飲み過ぎてしまった。あのあと、三人で両国橋を渡って、おのぶを浅草福《あさくさふく》井町《いちょう》の家まで送り、それから本田と舟を拾って、八丁堀まで帰って来た。自分ではずっとしっかりしていたつもりだが、ところどころ記憶が曖昧になっている。

本田がいろんなことを言っていた。

「おのぶさんは可愛い。魚之進がもらわないなら、おれが嫁にもらいたい」

なんてことも言っていた。それに対して、おのぶはなんて言ったのか、まったく記憶にない。

さらに本田は、

「早く決着をつけるべきだ」

とか言い、おのぶは、

「決着はすでについてるでしょう」

などと言った気がする。

それはどういう意味なのか。

たぶん本田に訊いても、いまごろはすべて忘れているだろう。あの男の酒は、翌日にはすべて忘れる酒なのだ。

では、おのぶは？

次におのぶに会うのが、怖い気がした。

魚之進が早めに奉行所にもどっていると、暮れ六つ前に麻次が来て、

「旦那、とんでもないことがわかりましたぜ」

と、言った。

魚之進は奉行所を出て、近くのそば屋に入り、二人で晩飯を食べながら話を聞いた。

「釜市には、別れた女房とのあいだに、今年十六になったかわいい娘がいるんです」

「ほう」

「近所のやつによると、ときどきあの飲み屋にも遊びに来ていたみたいです」

「へえ」

別れて母親のほうについた娘は、父親を恨んでいることが多いとは聞いたことがある。だが、釜市は違ったらしい。

「ほがらかな娘だそうです。名前はおちかといったみたいです。それで、あの店でときどき、友治の芸を見て、大笑いしたこともあるそうです」

「友治のな」

なんだか、嫌な話になりそうである。

「それで、今日の昼前に、釜市が食いものらしき包みを持って出かけたので、あとをつけてみたんです。釜市が訪ねたのは、木挽町二丁目の裏店《うらだな》でした」

「木挽町二丁目……」

この前、友治の元師匠を訪ねたのは、木挽町三丁目の寄席だった。

「元女房ってのは働きに出ていていなかったんですが、娘がいました」

「ほがらかな娘が？」

「それがとんでもねえ、顔色の悪い、ぼんやりしちまった娘で、あれはおそらく気がおかしくなったんでしょう」

「ほんとに同じ娘なのか？」

「名はおちかだと、隣の家のおかみさんに聞きました」

「……………」

「三、四ヵ月ほど前までは、ほんとに明るくて、爽やかで、誰にも好かれる娘だったそうです。母親が表通りに団子屋を出していて、その手伝いもしていたのですが、近くの三原橋たもとにある老舗の煎餅屋の若旦那に見染められ、来年には嫁になるという約束もできていたんだそうです」

「……………」

「それが、三月ほど前から急にふさぎ込むようになり、ひと月ほど前、急病で医者に駆け込んだりしたそうですが、それから気が変になったみたいに、ぼんやりしちまったそうです」

「そうか」

なんとなく、そのあいだに起こったことが想像できる。

おちかは、寄席に来ていた友治と、このあたりで出会ってしまったのではないか。それで、芸の話を餌にどこかに連れ込まれて……。急病というのは、もしかしたら子どもができたりしていたのではないか。

「若旦那というのは、友治といっしょに舟に乗り込んだ若い男ではないかと。いちおうその煎餅屋をのぞき、顔も見てきました。真面目そうな若旦那でした。人殺しなんかできそうにありませんが」

と、麻次は言った。

「やったんだよ」

魚之進は暗い声で断言した。

「ええ。後ろからぐさりですからね」

「だが、もどって来て、裏から釜市に報告し、そのときに吐いたとしたら？」

「釜市はおじやをつくる気にはなれないかもしれませんね」

麻次は、魚之進の推測に納得がいったらしかった。

「おいらも若旦那の顔を見てみるか。店は、もう閉まったかな」

「木挽町界隈は夜が遅いですから、まだ開いてるのでは？」

「よし」

と、魚之進は麻次を伴《とも》ない、木挽町に向かった。

八

その老舗の煎餅屋は、ちょうど店仕舞いをしているところだった。半分閉められた板戸をくぐって出て来た男を見て、

「若旦那です」

と、麻次は言った。

「なるほど」

若旦那は暗い顔である。表通りからすぐに裏道に入った。

「おちかのところかな」

「そうかもしれませんね」

跡をつけた。裏道を木挽町四丁目から三丁目へと抜けて行く。三丁目のなかほどで裏道から路地に入った。

「やはり、そうです」

と、麻次が言った。

おちかの家は長屋のいちばん奥なので、横に窓がありそうである。

魚之進と麻次は、足音を忍ばせて長屋の奥まで入り込んだ。案の定、窓はあり、その下に張りついた。二人の声が聞こえた。

「岡っ引きが？」

と、言ったのは若旦那だった。

「このあたりで、おちかのことなどを訊き回って行ったそうです」

そう言ったのは、団子屋をしているというおちかの母親だろう。

「若旦那。復讐《ふくしゅう》なさったんですね？」

咎める口調ではない。むしろ、どこかに感謝の響きがある。

「…………」

「あの男を殺したのは、釜市なんですか？　若旦那なんですか？」

「おいらだよ」

「まあ」

「釜市さんがやるって言ったんだけど、おいらはどうしてもやりたかった。おちかちゃんをこんなにしたやつを許すことはできないよ」

「なんてことを」

若旦那の身を案じるような口調である。

「……………」

「釜市はなにも助けなかったんですか？」

「いや。おいらがどうしてもやるというと、手立てを考えてくれたよ。ハゼ釣りのコツを教えてもらうということで、友治の舟にいっしょに乗って沖に出るんだ。それで、友治が釣りの支度とかしている隙に後ろからあいつを刺す」

「友治の遺体を乗せて、若旦那は引き返したんですか？」

「いや、あらかじめ釜市さんが、自分の釣り舟を沖に碇を下ろして停泊させてくれてたんだ。おいらはそれに乗って帰って来たよ」

「若旦那がよくそんなことができましたね」

「うん。おちかちゃんのことを思ったら、なんとかやれたんだよ。でも、釜市さんの舟をもどして、裏口から入り、うまくいったと告げたとき、吐いてしまったよ」

この若旦那の言葉に、魚之進と麻次は思わず顔を見合わせた。

「でも、岡っ引きがここらを嗅ぎ回っているということは？」

おちかの母は不安げに言った。

「なにか気づかれたのかも」

「なんてこと」

「仕方がない。ばれてしまったなら、おいらもお縄につくよ」

若旦那は力のない声で言った。

「そんな」

「仕方がないさ」

「でも、おちかは治るかもしれませんよ」

「え？」

「ほら、若旦那を見る目に生気がもどってきてるでしょうよ」

しばらく声がしない。若旦那はおちかの目をのぞき込んでいる気配である。

「ほんとだ……」

若旦那の声に喜びが溢れた。

「若旦那次第ですよ」

「こうなったら、ばれないことを願うしかないな」

若旦那の言葉を聞いて、魚之進と麻次はそっと長屋から外の道に出た。

いままで息を詰めていたので、何度か深呼吸をする。

「旦那。すべて明らかになりましたね」

と、麻次が切なそうに言った。

「ああ」

「どうなさるんで？」

「…………」

夜空を仰ぎ、それから俯いて自分の足を見た。

魚之進は迷っている。

真実は明らかにしなければならない。だが、その真実を明らかにすれば、若旦那と釜市は共謀し合って友治を殺した罪に問われることになる。娘が友治に犯され、流産して気が変になったことがわかったとすれば、その復讐だとして情状酌量がなされ、死罪まではならないが、遠島《えんとう》くらいの罰が下るだろう。だが、若旦那の煎餅屋も、釜市の飲み屋もつぶれてしまうのは間違いない。喜ぶ者は誰もいないのだ。

「おいらは、なにも話さない」

と、魚之進は言った。

「では、あとは北町の小鳥さんに任せる気ですか？」

「小鳥さんの推察どおりでいいんじゃないか」

「そうしますか」

「芸の苦悩のためだったんだ。ただ……」

「なにかありますか？」

「背中に短刀が刺さっていたんだろう。それは、内々でも疑問が出るだろうな」

「ですよね」

「友治の舟ってのは、帆を立てられるやつかい？」

「あ、そうです。あのあたりの漁師が使うのは、帆を立てられるやつが多いんです」

「だったら、こういうこともできるよな。帆を立てるところに短刀の柄を差し込んでおくんだ。それで、友治はその上に、仰向けに横たわるようにした。いざとなったら、刃が怖くて刺せなくなったが、この方法だと、刃を見ずに済むからな」

「なるほど」

「それで、舟が揺れたりするうち、友治の死骸も寝返りを打ったみたいに横を向き、その拍子に短刀の柄は穴から抜けてしまったんだ。これはあり得ないか？」

「あり得ますとも。その推察は、あっしが雪之助に言っておきますよ。やつは当然、それを小鳥の旦那に話すでしょうから」

「うん。頼んだぜ」

これでどうにか問題はなくなるはずである。

九

市川一角が動いている万吉殺しと大粒屋の件は、いっこうに調べが進まないらしい。向こうも鳴りをひそめている。おそらく万吉殺しは予定外のことだったので、下手人もしまったと思っているのではないか。

役宅への帰り道に、大粒屋の周辺を見回りして帰ることにした。

晩夏の夜である。

通り沿いの店も皆、一階の店舗は閉めても、路地側や二階の窓を開けて風が通るようにしているので、光が洩《も》れ、道もかなり明るい。

方々から、あるじや番頭の叱る声や、そろばんをはじく音が聞こえる。夜食の匂いも流れている。暮れ六つから一刻（二時間）経《た》っても、まだ町は眠らない。

大粒屋が近づいた。

——ん？

魚之進の先を歩いていた町人が、大粒屋の前を通り過ぎてからふいに引き返すのが見えた。町人は、できるだけ顔を正面に向けながら、目は大粒屋の二階を見ていた。二階にはあるじ長《ちょう》右《え》衛門《もん》の長男で陽之助《ようのすけ》という十四の少年が、団扇《うちわ》を使いながら涼んでいた。長右衛門にはほかに、娘が二人に幼い次男もいるが、その三人は妻の実家のほうに預かってもらっている。だが、陽之助は十四にしては身体も大きいし、跡継ぎということもあって店に残っているのだった。

町人は、陽之助を見ていた。その目には、明らかに憎悪が感じられた。

「おい」

魚之進は、町人の前に、行く手をふさぐように立ちはだかった。

「え？」

町人は足を止めた。

目と目が合った。歳のころは二十五、六といったところか。痩せているが、ひ弱な感じはしない。茶色で絣《かすり》の模様を入れた浴衣を着ている。着こなしはややだらしない。顔にはあまり特徴はないが、頬に深いあばたがある。一瞬、傷かと思うほど、濃い影を刻んでいた。

「いま、そこの二階を見てたよな」

「…………」

町人は魚之進を上から下まで見た。今日は、着流しに黒羽織という町方同心の恰《かっ》好《こう》ではない。どこの食いもの屋に入ってもいいように、袴をつけ、刀も長刀だけ差している。寺子屋の先生ふうを意識している。ただ、細身の十手を懐に入れていて、気をつけて見られると、それはわかるかもしれない。

じっさい、町人は魚之進の懐のあたりを見ると、かすかに眉をひそめた。

「見ちゃいませんよ」

と、町人は不貞腐《ふてくさ》れた声で言った。

「いや、見てた。なぜ、嘘《うそ》をつく」

「嘘じゃありません。あっしは屋根葺《ふ》きの職人なんで、いい瓦を見ると、つい目が行ってしまうんでさあ」

「そうなのか。だったら、なおさらいいだろう。そこの番屋まで付き合ってくれ」

「いいですとも」

町人はにこりと笑い、つかつかと魚之進に近づいて来た。それは、親しげであり、いまから抱きつこうというような勢いがあった。

「そこで止まれ」

と、魚之進が言おうとしたとき、町人はすばやく右手を懐に入れたと思ったら、取り出したものをいきなり魚之進の顔めがけて振り回してきた。

「うおっ」

そのすばやさに驚き、魚之進も咄嗟に後ろにのけぞったため、身体の均衡は崩れ、仰向けに倒れた。が、すぐに身をひるがえし、立ち上がろうとする。

しかし、町人はすぐに全力で駆け出していた。

「待て！」

魚之進もすぐに後を追う。

足の速さには自信があったが、逃げる町人のほうがもっと速い。しかも、路地に飛び込み、そこからは曲がり角は必ず曲がりながら逃げた。

大通りは広くても、路地に入ると、かなり入り組んだ道になっている。町人は土地鑑があるらしく、速度を落とすことなく駆けて行く。

路地を四つか五つ曲がったころには、完全に町人を見失っていた。広い通りに出た。川が流れている。楓川《かえでがわ》である。材木町三丁目あたりに出て来たのだ。

この通りは夕涼みの近所の住人が大勢いるが、逃げる人影はない。

「逃がしたか」

魚之進は悔しげにつぶやいた。

だが、あの町人の顔は、はっきりと見た。頬のあばたは、わかりやすい特徴になるだろう。次に見たときも、必ず思い出すことができる顔である。

――万吉もあいつが殺したんだ。

魚之進は確信が芽生えていた。

第四話　五右衛門《ごえもん》鍋

一

魚之進より少し遅れて同心部屋に入って来た十貫寺隼人に、

「また、お手柄だったそうですね」

と、声をかけた。

「あんなもの、手柄などと言えるかよ」

十貫寺隼人は薄く笑った。

「ですが、火盗《かとう》改めがもう十年以上、追いかけてきた泥棒なんでしょう？」

「火盗改めがマヌケ過ぎるのさ」

そう言って、今度は高らかに笑った。

昨日、十貫寺隼人が泥棒をお縄にかけた。

それも、小者一人も伴っておらず、たった一人で相手を打ちのめし、縛り上げた。一説には小唄をうたいながらの仕事だったという。まるで芝居のような、いかにも十貫寺らしい鮮やかな捕縛劇である。

泥棒は有名人だった。

通り名を〈隙間風《すきまかぜ》の佐吉《さきち》〉。

ほとんど痕跡を残さずに大金を盗み去り、盗まれた者があとで思い起こしても隙間風が入ったくらいのことしか覚えていないという凄腕《すごうで》の盗人《ぬすっと》である。

火盗改めがずっと追いかけていたのも本当で、じっさい火盗改めの長官はその報せを聞き、悔しさで顔がねじり飴《あめ》のようになったという。

この前は、吉原の殺しを解決し、今度は大泥棒の捕縛である。奉行所内でも、さすがに十貫寺だと評判になっている。

「どうやって見つけたんですか？」

と、魚之進は訊いた。

「なんて言うのかな。ま、勘というやつだろうな」

十貫寺は、猫でも助けてやったくらいの、軽い調子で言った。

「勘？　ピンときたんですか？」

「そういうこと」

「顔を見ただけで？」

「そりゃあ顔だけじゃねえ。おれと目が合ったときの態度とか、身のこなしとか、そういうものすべてを咄嗟に感じ取り、ピンと来たんだろうな」

「なるほど」

それはわかる気がする。勘は言葉ではない。いわば気を感じるようなものである。まして、こちらが定町回り同心の恰好をしていれば、脛《すね》に傷がある者は、なんらかの反応をしてしまうだろう。

「でも、道端で目をつけたんですか？」

魚之進はさらに訊いた。他意はない。心底、感心したからである。

「道端じゃないさ」

少し顔が歪《ゆが》んだ。

嫌なことを訊いたのだろうか。

「…………」

突っ込みにくい雰囲気である。

しばらく言いにくそうにしていたが、

「じつは、このあいだのところだよ」

「このあいだの……吉原ですか？」

声を低くして訊いた。

「そういうこと。なじみがいるものでな」

「ああ」

もしかしたらなじみの花魁からなにか聞いたのではないか。だとすると、それは勘ではないような気がする。

だが、十貫寺はそれ以上、その話はしたくないらしい。もちろん十貫寺は妻帯者で、その妻の実家は江戸でも指折りの豪商である。したがって、吉原遊びの話などは、おおっぴらにはできないのだろう。

「そんなことより、隙間風の佐吉は、捕まえたとき、ジャガタラ芋がいっぱい入った袋を持っていてな」

「ジャガタラ芋？」

「あれって冬の食いものだよな」

「いやいや、うまくやると年に二回収穫できるので、植え方では夏の終わりごろでも収穫できると、多摩のほうに行ったとき聞きましたよ」

ジャガタラ芋をうまく育てれば、飢饉《ききん》の心配はかなりなくなるらしい。江戸にも空地はあるのだから、そういうものはどんどんつくるべきではないのか。大名屋敷など、明らかに土地は余っている。

「そうか。だが、それをどうするつもりだったのかは、訊いても言わねえんだ」

「家族に持って行くところだったのでは？」

「野郎は一人者だよ。それに家は神田だ」

「十貫寺さんが捕まえたところは？」

「深川だ。黒船稲荷《くろふねいなり》のところでな。野郎は吉原を出て、舟に乗り、降りたところで見失う前に捕まえたんだが、たぶん吉原に行く前から持っていたんだろうな」

「はあ」

「変なんだよ。なんでジャガタラ芋をあんなところに持って行ったのか」

「隙間風の佐吉があのあたりで栽培してたなんてことは？」

「…………」

「あるわけないですよね」

嫌な予感がしてきた。

十貫寺から回される仕事は、けっこう面倒臭いのだ。

「食いものにまつわるよな」

「ジャガタラ芋が？」

「食いものだろうが」

「ええ。食いものです。石のかわりにぶつけたりするやつはいませんし、味噌汁に入れるとうまいです」

「味見方で調べてくれねえか。なにせ隙間風の佐吉は大物だ。野郎のことは全貌を明らかにしたいんだよ」

「はあ。では、ちょっと当たってみます」

やはり、断われない。

二

この日は、久しぶりに音羽《おとわ》界隈を回ろうと思っていたのだが、急遽《きゅうきょ》予定を変更し、魚之進は麻次とともに深川にやって来た。もちろん歩きである。

黒船橋というのは、大川と木場を結ぶ大島川《おおじまがわ》に架かっている。

この橋を渡ると、そこらはずうっと埋め立て地で、いまはいちおう大名たちの土地になっているが、ほとんどは広大な葦《よし》の原である。

人の背丈ほどもある葦が、夏の風にざわざわと葉や若い穂を揺るがせている。高潮などがあれば、ここらはすぐに波に吞《の》まれたりするが、一方で波打ち際のあたりは釣りや潮干狩りなどもできる行楽地にもなる。

黒船橋は、欄干もない粗末な橋である。

そのたもとに船着き場がある。

ここで降りたところを、すぐに捕まえたと言っていた。

「佐吉はなんで、こんなところに来たんだろうな」

あたりを見回して、魚之進は言った。

「もう少し須崎《すさき》稲荷のほうなら、遊郭があったりするんですけどね」

橋を渡って右手に、敷地はかなりあるが、なんだかパッとしない神社がある。鳥居には〈黒船稲荷〉とある。

「黒船稲荷か」

「もとは浅草の黒船町にあったのが、ここに移ってきたんでしょう。ここはたしか、一時期、戯作者《げさくしゃ》の鶴屋《つるや》南北《なんぼく》が住んでいたんですよ」

と、麻次が言った。

「四谷《よつや》怪談の？」

芝居を観《み》たことはないが、筋書は聞き知っている。お静は何度か観たらしく、兄の波之進にその怖さを語るのを、わきで聞いていた。薄気味悪いことこのうえないような話なのに、どうもお静はそれを喜々として観たらしい。あの義姉《ねえ》さんにも変なところがあるかもしれない。

「そうです」

「へえ」

敷地内に社《やしろ》のほかいくつか粗末な建物がある。人がいる気配はない。神社の敷地内で、あんな恐ろしい怪談話を書いていたのだろうか。戯作者の連中というのは、どうも気が知れないところがある。

もう少し周囲を歩いてみる。

黒船稲荷の先に、いちおう柵は回してあるが、建物ができていない一画がある。その先に、できたばかりらしい武家屋敷があった。土地は黒船稲荷より多少は広いくらいか。柵を回しているが、さほど立派なものではない。

「お大名の下屋敷にしては小さいか？」

「そうですね。切絵図にはまだなにも載ってないですね」

麻次は、奉行所に置いてある切絵図の深川版を借りてきていた。なかなか用意周到である。

「もともとここらは町人地だったけど、風紀が悪くなる一方なので、お大名に譲ったという話も聞いたけどな」

「いかにも遊郭ができそうなところですからね」

また黒船橋をもどって、いったん門前仲町《もんぜんなかちよう》の番屋に入った。

「ちっと訊きたいんだが」

「あ、どうぞ、どうぞ」

六十近そうな番太郎が、揉《も》み手《で》しながら言った。

「黒船稲荷を右に行ったところに、新しくできたみたいな武家屋敷があるよな」

「あります」

「あれはどこの屋敷なんだ?」

「あそこは、新しくできた尾州《びしゆう》さまの抱え屋敷なんですよ」

「へえ、尾州さまかあ」

御三家がこんなところにわざわざ抱え屋敷を持たなくてもよさそうである。

「人の出入りはあるのかい?」

「そうでもねえんですが、ちっとね」

番太郎は俯いた。

「どうした?」

「あ、いや、ちっと」

なにかある。

が、言いたくないらしい。

「おい」

麻次がわきから恫喝《どうかつ》気味に言った。

「いやいや、あっしも尾州さまのことで、変な話を広めたと知られたら、どうなるかわからないので」

「あんたから聞いたなんて、言わないよ」

「いや、勘弁してください。この通りです」

番太郎は両手を合わせ、頭を下げるばかりである。町人のことならこっちも無理やり聞き出すことはできなくもないが、尾州公のことでは無理は言えない。

魚之進は麻次に無言でうなずき、番屋の外に出た。これ以上問い詰めても、言いそうもない。

大島川を挟んで向こうを見ると、黒船稲荷の左手にも新しい屋敷ができている。

「あっちは?」

「ええと、阿波《あわ》の蜂須賀《はちすか》さまの下屋敷みたいですね」

こっちは切絵図に載っていた。

見ていると、門のわきの潜《くぐ》り戸《ど》から、中間《ちゅうげん》らしい男が出て来た。柄の悪そうな男で、まず渡り中間だろう。

「旦那。野郎に訊いてきます。旦那はここで」

そう言って、麻次は黒船橋のところに行き、渡って来た中間を抱えるように止めた。

なにか言っているが、声は聞こえない。

麻次が中間の手を取り、手のひらになにか握らせた。

中間はにやりと笑った。

いわゆる袖の下である。ああいうことは魚之進にはできない。

けっこう長い話になっている。

ようやく終わり、麻次が満足げにこっちへやって来た。

「面白い話が聞けましたよ」

「ほう」

「なんか、尾州さまの抱え屋敷の物置みたいなところで、鍋をやるらしいんですよ」

「物置で鍋？」

「集まって来るんです。毎月いまごろ、十人くらいだそうです」

「武士か？」

「いやいや、たいして身なりのよくねえ町人だそうです。それが、どれも名の知れた泥棒だと言うんですよ」

「泥棒？」

だが、佐吉があそこで十貫寺に捕まったのだから、あり得る話である。

「一回捕まってまた出てきたやつとか、一度も捕まっていないやつとか、年寄りから若いのまでいろいろだけど、ただ、どれも世間を騒がせた大物らしいんです」

「へえ」

「それで、酒を飲みながら鍋を囲むんです。それには、それぞれが持ってきた材料を入れるんだそうですが、なんでも五右衛門《ごえもん》鍋と呼ばれているらしいんです」

「五右衛門鍋？」

「五右衛門というのは、石川《いしかわ》五右衛門のことですかね」

「なるほど」

「いまの中間は、それ以上のことは知らないと言ってました。その席に出たこともなくて、バクチ仲間に聞いた話だと言ってました」

「驚いたな」

「ええ。番太郎も言わないはずです。そこらは噂で聞いていたんでしょう」

「有名な泥棒が集まって、五右衛門鍋を囲む……。それも、尾州藩の抱え屋敷で……」

それは本当なのだろうか。

「探りますか？」

麻次が不安そうに訊いた。

「そりゃあ、ここでやめるわけにはいかないだろう」

三

「でも、どうやって探ります？　しばらくここで張り込みをしますか？」

麻次が訊いた。

「それもやるべきだろうが、佐吉がここで捕まったことは泥棒たちも知っているだろう」

「ええ。瓦版も出てましたからね」

「だったら、しばらく鳴りをひそめるんじゃないか？」

「なるほど」

「それよりは、泥棒の話は、泥棒に訊くのがいちばんだと思うぞ」

「それはそうです」

「最近、深川あたりで摑まった泥棒はいないか？」

「あ、いました、薬屋弁吉《くすりやべんきち》がふた月ほど前に」

「ああ、あいつか」

奉行所にもどり、安西佐々右衛門に訊いた。

すると、いまは小伝馬町《こでんまちよう》の牢にいるという。

許可をもらい、小伝馬町の牢まで聞きに行くことにした。

薬屋弁吉というのは、薬専門の盗人だった。薬売りをしながら、卸してくれている薬屋から薬を盗むことを繰り返してきた。金ではないので、なかなか悪事がばれなかったりした。

十両盗めば首が飛ぶというのは脅しにせよ、やはり数十両ともなると、死罪になることは多い。だが、この男が盗んだ薬の総額は、金にすれば百両を超えるのではないか。

ただ、最初の盗みが、病気の母親を助けるためだったということで情状酌量され、死罪は免れている。

檻《おり》の前の尋問はいろいろ差し障りがあるので、いったん外に出してもらい、別室で話を聞いた。

弁吉は、見た目はいかにも誠実そうで、これなら誰でも隙を見せる気がする。盗みのほうも、誠実というと変だが、跡を荒らしたり、誰かを傷つけたりということもなく、じつに整然としていたらしい。

「あんた、深川の黒船稲荷近くの武家屋敷でおこなわれている鍋の会のことは知ってるかい？」

魚之進は訊いた。

「ああ、知ってます」

「どういうものなんだ？」

「泥棒が集まって、鍋を囲むんです。五右衛門鍋と言ってました」

「石川五右衛門由来なのか？」

「たぶん、そうなんでしょう。あっしが入ったときは、すでにそういう呼び名になってましたが」

「定期的にやっているのかい？」

「ええ。毎月十五日でした」

「十五日か」

一昨日である。その日に隙間風の佐吉は捕まったのだ。

「夕方になると、方々から泥棒連中が集まって来ます。しかも、鍋の中身は各自持ち寄りになっていて、いつも同じものなんです」

「同じもの？」

「ええ。誰々は魚で、誰々は芋だとか決まってるわけです」

「お前は？」

「あっしはキノコでしたね」

「なんのキノコ？」

「いや、なんでも。林だの森だのに行って、食えそうなものを取って来いと。買ったものは駄目だと言われました」

「ふうん」

「マツタケなんか取れたときは、皆に大喜びされましたっけ」

弁吉は思い出して、嬉しそうに笑った。この男は、本来は誠実な男だったのかもしれない。

「だが、なんで、お前はそこに入ったんだ？　泥棒しか参加できないんだろう？　お前は泥棒だとばれていたのか？」

「あっしはこれで二度目なんですが、一度目に捕まったとき、いっしょに牢にいた盗人に誘われたんでさあ。そっちのほうが先に出ちまいましたが」

「なんてやつだ？」

「根津《ねづ》の伴次《ばんじ》って盗人です。大物だったみたいですが、もう死んだと聞きました」

「その会には、頭領みたいなやつはいるのかい？」

「頭領？　頭領っていうほど威張ってるのはいませんでしたが、かなり年季の入った人が話を仕切っていたような気はします」

「なんてやつだ？」

「なんて言いましたっけねえ」

と、考え込み、

「誰かが、こうさんと呼んでいた気がします」

「こうさん？」

それだけではわからない。

「それで、盗みの話とかするのか？」

「これからやろうとしている盗みの話などはしませんぜ」

「それはそうだろうな」

「でも、あそこの番屋は番太郎がぼけているとか、南の誰々に捕まると、やってもいねえ罪をおっかぶされるとか、そういった話はします」

「それだけか？」

「といいますと？」

「結局、泥棒同士の懇親会みたいじゃねえか」

「というより、あっしは、これは泥棒の互助会なんだと言われました」

「互助会？」

「ええ。泥棒稼業なんざいつお縄になるかわからねえ。だから、泥棒もそれに備えなくちゃいけねえと」

「ふうん」

そんなことを考えるなら、足を洗うのがいちばんだと思うが、そこは泥棒にしかわからないことなのだろう。

「ゆくゆくは、盗んだ金の一部をこの互助会に預け、捕まったときは家族が困らないようにするとか、そういうものにしたいと」

「なんてこった」

「あっしも、そこまでやれるのかとは思いましたが」

「そこに、隙間風の佐吉ってのはいたかい？」

「あ、いました。売り出し中の盗人でしょ。隙間風と呼ばれてるって、自分で自慢してましたよ」

「あの近くで捕まったよ。ジャガタラ芋を持っているところをな」

「そうでしたか、あのあたりでねえ」

弁吉は首をかしげた。

「五右衛門鍋というのは、要するに闇鍋だよな」

「闇鍋というか、いやあ、もっとうまいもんでしたよ」

「うまい？　闇鍋が？」

「ええ。あんなうまい鍋は、生まれて初めて食ったくらいです」

「そんなにうまいのか？」

なんとも奇妙な話ではないか。

四

「もう少し詳しく知りたいんだがな」

　魚之進は、弁吉を見つめた。

「あっしもそんなに何度も行ったわけじゃありませんでね」

「何度行ったんだ？」

「ええと」

　と、指折り数え、

「四回ですね。休むときもありましたんで」

「そうか。ほかに知っている盗人は？」

「そういえば、赤馬《あかうま》の金蔵《きんぞう》がいました。あっしはそこで一度しか顔を合わせていませんが、これが有名な赤馬の金蔵かと思ったんです」

「赤馬の金蔵？」

　魚之進は知らない。だが、麻次が、

「もう十五、六年ほどになりますか、甲州《こうしゅう》街道沿いの宿場で盗みを重ねていた野郎で、内藤新宿《ないとうしんじゆく》から四谷界隈の店でも、だいぶ盗まれていました」

と、言った。

「よく死罪にならなかったな」

「捕まったのは江戸の外でしたし、ずいぶん馬子仲間の嘆願があったとも聞きました」

「馬子だったのか」

「ええ。赤馬を引いてまして、それで赤馬の金蔵ですよ」

「なるほどな」

「盗みからは足を洗ったはずです。だが、盗人仲間とは付き合っていたんですね」

「いまはどこにいるんだ?」

「国領宿《こくりようじゆく》にいるんじゃないですかね」

麻次がそう言うと、

「国領から来たと言ってましたっけ」

弁吉もうなずいた。

国領宿は、日本橋から数えると、内藤新宿、下高井戸《しもたかいど》、上高井戸《かみたかいど》、そして国領と四つめの宿場である。日本橋から五里半くらいだろう。朝から行けば充分往復することはできる。

「行こう」

翌日、国領宿に向かった。

甲州街道は夏に歩くところではないと、内藤新宿を過ぎたころから、魚之進は後悔した。周囲に緑が少ないので、熱風が吹きつけてくる。片側が海だったりする東《とう》海道《かいどう》とは、大変な違いである。

四つめの国領宿に着いたときは、汗びっしょりになっていた。

ここは本陣もない、小さな宿場である。

ただ、馬の数は多い。人の宿場ではなく、馬の宿場なのかもしれない。

井戸があり、その周りに馬や馬子がたむろしている。そこで水をもらい、手拭いで身体を拭いてから、

「ここに赤馬の金蔵って大親分がいたよな?」

と、麻次が四十くらいの馬糞《ばふん》みたいな顔色の馬子に訊いた。「大親分」と言ったのは、麻次の配慮である。こういう田舎だと、有名な人間は、慈善家でも泥棒でも等しく尊敬されるらしい。ましてや馬子出身の泥棒というわけである。

「ああ、金蔵さんなら亡くなったぜ」

馬糞みたいな顔色の馬子は、哀悼の意をたたえながら言った。

「亡くなった？　いつ？」

「ふた月ほど前だよ」

「死因は？」

「わからねえなあ」

馬子が首を振ると、横にいた馬が、怯えたみたいにぶるぶると身体を震わせた。

「誰か看取《みと》った者はいねえのかい？」

「いねえんだ。歳も歳だったし、風邪でもこじらせたんだろうな」

「そうか」

いかにも盗人の最期と言えなくもない。

「金蔵に用があったのかい？」

「うん。訊きたいことがあったもんでな」

「立派な泥棒だったよ。もう少し捕まるのが遅かったら、いまごろは石川五右衛門と並び称されてたかもな」

馬子は街道の遠くを見ながら言った。

五

暮れ六つを少し過ぎたくらいに江戸にもどって来ると、魚之進は大粒屋に顔を出し、なにかおかしなことはなかったかと訊いた。

「おかげさまで、奉行所の方たちの出入りが多いせいでしょう。とくにおかしなことはなかったです」

一番番頭が出て来て言った。

その一番番頭の頰にあばたがあるのに気づいた。もっとも、何十年かに一度は、疱瘡《ほうそう》の流行があるので、江戸っ子には珍しくはない。

当人に訊きたかったが、やはりこういうことは訊きにくい。

役宅にもどって、お静に訊いた。

「一番番頭さんだが、頰にあばたがありますよね」

「ああ、昔、疱瘡になったからね」

「昔って？」

「わたしが四つか五つごろかな。あれってうつるでしょ。番頭は皆に会わせないようにして、女子どもは深川のほうの寮にやられて、大騒ぎしたのは覚えてる」

「なるほど」

「どうして？」

「いや、じつは」

と、襲われた件を話した。怖がらせまいと、お静には黙っていたのだが、この際、仕方がない。

「まあ」

と、ひどく怯えたが、しっかりしなければというように深くうなずくと、

「でも、疱瘡は何十年に一回は流行るから、あばたがある人はあの年代の人にはいっぱいいるわよ」

「そうですね」

だが、襲ってきたのは若かったのである。あの年代ではそう多くない。

「でも、あれでうちは皆、天然痘《てんねんとう》には敏感になって、三番番頭の庄五郎《しょうごろう》さんが手の甲にイボができたときは、大変だったわ。すぐに隔離したけど」

「イボ？　イボが出てきたじゃないですか」

脅迫文には、イボという言葉が書かれていた。

お前の店は世のなかのイボだ。

汚らわしいイボなのだ。

イボはうつる。

イボは切り取られなければならない。

覚悟することだ。


そう書いてあった。

しかも、へらへらの万吉が死ぬときも、

「親分。イボって、なんですか？」

と、訊いたのである。

「ああ、でも、そんなことは脅しの理由にはならないわよ。イボなんかある人は山ほどいるもの」

「それはそうですね」

魚之進はうなずいたが、やはり気になった。

六

翌日はお城に顔を出す日である。麻次とは、一石橋《いちこくばし》のたもとで待ち合わせ、それからお濠《ほり》沿いにぐるりと回って、一橋《ひとつばし》御門から平河門を入った。

まずは中奥の台所を一通り見て回り、ついで大奥に入った。ここで気になったことを台所の責任者である女中の八重乃に告げた。大奥の井戸水を汲《く》んだとき、その水を金魚の鉢に入れるようにすることを勧めたのだ。

「それは井戸に毒を投げ込まれるかもしれないからですね？」

と、八重乃は訊いた。

「そういうことです」

「まさか、そこまでは考えませんでした。さすがですね」

「いえ」

褒められて、魚之進は照れた。

「では」

と、引き上げようとすると、

「月浦どの。たまにはお茶を」

「あ」

いつか誘われるのではないかと恐れていた。ただ、近ごろは一杯くらいは付き合ってもいい気持ちにはなっていた。

「急ぎの用はないのでしょう？」

「なくもないのですが、茶を一服いただくくらいは」

「よかった」

と、八重乃は子どもっぽく相好《そうごう》を崩した。

台所の隣にある十畳ほどの部屋である。なにもないが、襖絵《ふすまえ》がすべて深山の四季を描いていて、心地よい。

八重乃は手早く二人に薄茶を淹《い》れてくれ、

「あたしはね、お城に上がる前は松村町《まつむらちょう》ってとこにいたの」

ほとんど町娘のような話し方になっている。

「ああ、はい」

「え？　松村町、知ってるの？」

「ええ。木挽町が始まる手前のところですよね」

奉行所から役宅に帰る際、魚之進はできるだけいろんな道を通るようにしているが、ここは紀伊国橋《きのくにばし》から南八丁堀を抜けるときは、どうしても通る町筋に当たる。木挽町というのは、一丁目から七丁目まであって、芝居小屋なども立ち並ぶ華やかな町だが、その一丁目の北にある一画である。

「ああ、嬉しい。松村町って知ってる人に初めて出会った」

「そうですか」

魚之進は、あまりの喜びように、つい苦笑してしまう。

「なんにもない町だけどね」

「舟宿が多いですよね」

「そうなの。あたしの家も舟宿をしててね」

「そうですか」

「十六のときにお城に上がって、それから一度も帰っていない。もう十年経つわ」

やはり二十五くらいの歳らしい。

大奥に上がると、一生出られないという話も聞くが、本当なのか。

「懐かしいですか？」

「懐かしいなんてもんじゃない。近ごろはよく夢に見るの」

「そうですか。あのあたりで買って来て欲しいものがあれば、買って来ますよ」

魚之進はつい同情してしまった。

「まあ、嬉しい。紀伊国橋を渡ったところに紫饅頭《むらさきまんじゅう》っていうのを売っている店があって、そこの紫饅頭が大好きでね」

「ああ。では、次に来るときに買って来ます」

「それと、そこに可愛い白猫がいたんだけど、まだ生きてるかしら。一度、夢に出て来たんだけど」

「それも確かめてきます」

「ほんと、嬉しい。月浦どののためなら、なんでもしてあげる」

頰を赤らめ、少しにじり寄って言った。

魚之進は身体を斜めに距離を取り、

「では、いずれお願いすることもあるかもしれません。でも、出かけられないとなると、お退屈でしょうね？」

「そうね。甘いものも禁じられたし」

「ああ」

「食べることしか楽しみはなくなるわよ」

「そうでしょう」

「今夜あたり、親しい女中たちと闇鍋でもしようかと思ってたの」

「闇鍋？　手当たり次第ぶち込むやつですか？」

魚之進は、声を低めて訊いた。

「そうよ」

「それは駄目でしょう」

「大丈夫よ。もう何度もやったから」

「やったんですか」

「ええ」

「見つかったら、お年寄りに叱られるのでは？」

「それが、お年寄りも闇鍋は大目に見てくれるみたい。昔、ご自分もやったりしてたんじゃないの？」

「へえ」

「あれって楽しいわよね。やったことある？」

「いや、わたし自身はないです」

闇鍋がからんだ事件は解決したことがある。

「月浦どのもいっしょにできたらいいのにね」

八重乃はそう言って、今度は顔を猫みたいにくしゃっとさせた。

お城から出るとき、麻次が真面目な顔で言った。

「あれって、八重乃さまは旦那を気に入ったって態度なんですかね」

七

麻次には尾張《おわり》藩の抱え屋敷を見張ってもらうことにして、魚之進は一人で奉行所にもどった。

やはり、隙間風の佐吉からも話を聞きたい。佐吉はたぶん、盗人仲間をかばうために、なにも言いたくないのだろうが、尾張藩の抱え屋敷内の五右衛門鍋のことまでわかったことを言えば、話すのではないか。

十貫寺に相談すべきだが、出かけていていない。

与力の安西に許可をもらい、奉行所内の牢の前に立った。

「なあ、佐吉。あんたがなんで黒船橋のたもとのところまで行ったのか、わかったぜ」

と、魚之進は話しかけた。

「ええ。黒船稲荷に参拝しようと思いましてね」

「違うだろ。そこから少し行った尾州藩の抱え屋敷に用があったんだ」

「なにをおっしゃっているのか」

と、佐吉はとぼけた。

「あそこで、毎月十五日に泥棒たちの集まりがあるんだよな」

「…………」

「それで五右衛門鍋を囲むんだ」

「…………」

佐吉の顔が硬くなり、そっぽを向いた。

「その会のことを話してもらえねえかな」

「へっ、どうせ、あっしは死罪に決まってるんだ。わざわざ仲間を売るようなことは言いたくねえ」

「仲間は売らなくていい。なんで泥棒の会が、尾張藩の抱え屋敷でおこなわれるのか、そのわけを知りたいんだ」

「さあね」

佐吉はまだ取りつく島もない。

どうすれば話すのか、魚之進はすばやく考えて、

「吉原ってとこはいいところだよな」

と、言った。

「え？」

佐吉はこっちを向いた。

「また行きたいよな」

「行けるわけねえだろうが」

「でも、あんたの、そうだな、髪の毛を吉原に持って行ってやってもいいんだぜ」

「髪の毛を……」

「そう。なじみの花魁はいたんだろう？」

「そりゃいましたよ。あっしは年季が明けたらいっしょになるつもりだった」

「届けてやるよ」

「あっしの髪の毛を……」

佐吉は目を瞠《みは》り、それから泣きそうな顔になった。

「花魁の名前は？」

「かわせみ。海老屋《えびや》のかわせみです」

「わかった」

魚之進は、懐から紙を出し、佐吉を檻のほうに寄せ、すでにばらけてしまっている髪の横のほうの毛を短刀で切った。

「なにか添え書きするようなことはあるかい？」

「いいんですか？」

「ああ。いいよ」

持ち歩いている矢立から筆と墨壺《すみつぼ》を出して、もう一枚の紙とともに佐吉に渡した。

佐吉はつたない字で二行ほどなにか書き、畳んで、

「ありがとうございます」

と、魚之進に渡した。

もちろん魚之進は、ちゃんと届けてやるつもりである。

「それで、五右衛門鍋の件だけどな」

「ええ」

素直にうなずいた。

「あんたは、鍋に入れるためのジャガタラ芋を毎回、持って行ったんだな？」

「そうです」

「サツマイモは？」

「ないです。里芋も駄目。芋はジャガタラ芋だけです」

「ほかのやつは、どんなものを持ってったんだ？」

「キノコもいました」

「ああ」

「魚も。フグですね、あれは」

「フグだって！」

「もちろん、毒のところはのぞいたでしょうが」

だが、間違いというのもあるだろう。なんでも食う魚之進でも、フグは恐ろしい。しびれてくると、土に首まで埋められたりするのだ。だが、あんなことで毒が抜けるとはとても信じられない。

「獣の肉は？」

「それはなかったと思います」

「野菜はジャガタラ芋だけか？」

「あとはナスも入ってましたね」

「ああ。ナスを入れるか」

「あ、それと果実も」

「果実？」

「林檎《りんご》か？」

「桃とか桜桃、アンズ、梅、あと小さくて酸っぱいやつで」

「あ、そうです。果実は、鍋には入れず、擂《す》ったやつを食べてましたね。爽やかな甘味があって、うまかったですよ」

「鍋もうまかったんだって？」

「うまかったです。あれは、よほどの料理人がつくっていたんじゃないですか？」

「料理人が？」

そんなものをわざわざ料理人がつくるなんて信じられない。

「チラッと調理場のほうに人がいるのは見たことがあります。大きな図体《ずうたい》の男でした」

「武士じゃないんだな？」

「武士じゃなかったと思います」

「あそこが尾州藩の抱え屋敷だということは知っていたのか？」

「そうらしいですね。ただ、物置小屋みてえなところでしたから、藩の人たちはなにをやってるのか、ご存じなかったのではねえですか」

「なぜ、そこでやっていたんだ？」

「それはあっしにはわかりませんよ」

「あんたは誰に誘われて、そこに行くようになったんだ？」

「それが不思議でしてね。飲み屋で声をかけられたんです」

「飲み屋で？」

「ええ。小網町の飲み屋で、隣に座った男が、おめえと同じ稼業の連中が集まる会があるんだと。おれも同業だとも言いました。それで、来たほうがいい、いろいろためになることがあるとも」

「互助会ってことか？」

「ああ、そうです」

「その男は、会には来てたんだな？」

「ええ。ただ、一度会ったきりでした」

「おかしな話だ。なんで、あんたが泥棒だと見破られたんだ？」

「そりゃあ、わかりません。ただ、知られているなら、出たほうがいいと思い、悩んだのですが、行くようになったわけです」

「ふうん」

またまた奇妙な話になった。

だが、それ以上詳しいことは佐吉もわからないので、ここらで切り上げることになった。

八

翌日——。

魚之進は、麻次とともにもう一度、深川の黒船稲荷のところに行った。

「やはり、見張るしかないか」

「そうですね」

「謎は深まるばかりだ」

と、魚之進は佐吉から聞いた話を麻次に詳しく語った。

「隙間風の佐吉を知っていて誘ったんですか？」

「そうなんだ」

「そりゃあ、不思議だ。泥棒なんざ、親分がいっしょとか言うなら別ですが、あんまりお互いの顔なんざ知らないんじゃないですか」

「そうだよな。だから、おいらも考えたのさ。もしかして、隙間風の佐吉が盗みに入るところを誰かが見ていたんだ」

「泥棒が？」

「そうとは限らない。それで、佐吉は跡をつけられ、住まいまで知られてしまっていた」

「なるほど」

と、麻次は膝を打った。

「もしかしたら、ほかの尾張藩邸に忍び込んだことがあり、そこを見られていたかもしれないな」

「どういうことです？」

「それで、深川の抱え屋敷でやっている会に引きずり込んだってわけ」

これは勘である。だが、そうだとすると、あそこの抱え屋敷でやっていることとつながる気がする。

「やはり互助会が目的で？」

「信じがたいよな」

魚之進はそう言って、ため息をついた。

今日は風もない。陽射《ひざ》しはさほどでもないが、やけに蒸す日である。見張りの途中で富ヶ岡八幡宮《とみがおかはちまんぐう》の境内に行き、井戸水を飲ませてもらい、手拭いを濡《ぬ》らして顔を拭き、出店でところてんを二杯ずつ食べたりした。酢醤油《すじょうゆ》をうまく感じることは、驚くほどだが、これは暑さと湿気のおかげだろう。

どうにか一息ついてもどって来ると、

「あ」

男が一人、藩邸内から現われた。ずっといたのか。それとも魚之進たちが目を離した隙に来ていたのかはわからない。

「旦那、あいつは……」

「北大路魯明庵《きたおおじろめいあん》だ」

この尾州公の抱え屋敷に、北大路が出入りしていた。

「そういえば、五右衛門鍋をつくっていたのは、大きな図体の男だったと、佐吉は言っていた。しかも、武士のなりではなかったと」

「ははあ、一致しますね」

「北大路とは、何者なんだ？」

「つけましょう、旦那」

だが、北大路の後を追うことにした。

北大路は黒船橋のたもとですぐに舟を拾った。

「おい、麻次」

「ええ」

麻次も猪牙舟を呼び寄せて、後を追わせた。

大島川を出ると、石川島《いしかわじま》を左に見ながら、大川を横切った。

鉄砲洲《てっぽうず》から稲荷橋をくぐり、八丁堀から三十間堀《さんじっけんぼり》に入った。

「どこに行くんだろう？」

「さあ」

木挽町七丁目の河岸でようやく舟を降りた。この先は河岸がないので、あまり舟も行かない。

北大路は舟を降りると、お濠沿いにどんどん歩いて行く。

大股で恐ろしく速い。魚之進たちは小走りで追わないと引き離されてしまう。

四谷御門が見えるあたりで、ようやく左に折れた。ここは甲州街道へとつづく道である。

この暑いのに、休憩も取らずに歩いて行く。

「喉が渇いたな」

水売りを見つけ、魚之進と麻次は柄杓《ひしゃく》で二杯ずつ飲んだ。

四谷の大木戸を出た。もう内藤新宿である。

閻魔《えんま》さまで知られる太宗寺《たいそうじ》の手前を右に入った。

さらに左に曲がり、少し行ったところの武家屋敷に入った。

門番は誰何《すいか》することもなく通したみたいである。

「ここは……」

構えからすると、大名の下屋敷だろう。

少しもどって、町人地にある乾物屋で訊いた。

「ああ、あそこは尾張さまの下屋敷だよ」

「尾州公の」

尾張藩邸と言えば、市ケ谷《いちがや》御門を出たところの広大な上屋敷と、戸山《とやま》のやはり広大な下屋敷が有名だが、ほかにもあちこちに屋敷を持っているのだ。

「ここもですか。さすが御三家は違いますね」

「だが、尾張の抱え屋敷から、下屋敷にやって来たわけだ。あんなふうに気軽に出入りしているというのは、よほどの身分なのか？」

「あんな柄の悪いのがですか」

「そうだよな」

まったく得体の知れないやつだった。

九

歩き疲れて奉行所にもどり、同心部屋に入ると、

「どうだ、魚之進？」

出かけようとしていた十貫寺隼人に訊かれた。

「ああ、やっと十貫寺さんに会えました」

十貫寺はこのところのお手柄で、意気軒高、少しも腰を落ち着けていられないといったふうなのである。報告しようにも、会うことさえできずにいた。

「用があったのか？」

「ええ。じつは……」

と、これまでわかったことを話した。

出かけようとした十貫寺も、座り直して茶など飲みながら、

「ほう。五右衛門鍋か。釜じゃないんだな」

「釜茹《かまゆ》でのような料理なら、五右衛門釜でもいいかもしれませんね」

「それで、その五右衛門鍋を料理しているのが、北大路魯明庵とかいう者なのか？」

「おそらく」

「何者なんだ？」

「美味品評家と言われてまして、本当は武士らしいのですが、刀などは差していません。陶芸も玄人はだしで、料理のほうも批評するだけでなく、自分でつくったりもするそうです」

「ふうむ。北大路なんて公家《くげ》みたいな名前だよな」

「そうですか」

公家に知り合いがいないので、なんとも言いようがない。だいたい、公家は江戸にはあんまりいないのではないか。

「北大路魯明庵……そういや聞いたことはあるな」

「いちおう料亭とか食いもの屋なんかでは、かなり名の通った人物ですので」

「いや、そっちで聞いたんじゃない。どこで聞いたんだっけかな」

と、十貫寺は人差し指を額に当てて考え込んだ。そのようすたるや、現われた仏の正体でも見破ろうとしているように、深遠な思慮の真っ最中といった感じである。

「あ、三井《みつい》に聞いたんだ」

「三井？」

「駿河町《するがちょう》の三井だよ。うちのやつの親戚なのでな」

「はあ」

越後屋《えちごや》の三井が妻の親戚なのだ。どうりで、十貫寺の着物や羽織がきらきら光るはずである。

「三井が言ってたっけ。北大路魯明庵というのは本名ではないと」

「本名ではない？」

「その本当の名は……」

「本当の名は？」

魚之進は思わず身を乗り出した。

「あ、思い出した」

十貫寺の顔が急に強張《こわば》った。

「なんと？」

「魚之進。これはもうやめよう。どうせ、隙間風の佐吉は数日中に死罪だ」

「え？　どうしてです。なんか怪しいですよ」

「尾張がからむ」

「でも、兄貴の件だって」

水戸藩《みとはん》がからんでいた。

たとえ御三家でもどうにかなるのだ。

「いや、今回は駄目だ」

「どうしてです？」

「北大路魯明庵の本当の名は……」

言葉を止めた。勿体ぶっているのか、それとも口にしたくないのか。

十貫寺隼人の端正な顔が、少しだけ歪み、

「徳川元春《もとはる》」

と、言った。

「と、徳川」

その苗字はまずい。

「お血筋だ。先代だか先々代だかが女中に産ませた子で、当人は堅苦しい身分を嫌い、ああやって気ままにしているが、いざとなったら葵《あおい》の御紋が出てくるぞ」

「なんと」

確かに水戸家の場合は、家老や用人たちのことなので、かろうじてどうにかなった。だが、その苗字は手が出せない。

「いいな。もう、この件は無しだ」

十貫寺はそう言って、そそくさと席を立って行った。

十

この日は、暮れ六つの鐘とともに役宅に帰って来た。

「あら、魚之進さん、早いのね」

「ええ。たまには」

お静は料理の途中だったので、出迎えからすぐに台所にもどった。魚之進も匂いにつられて台所をのぞくと、大好きなナスとインゲンの甘辛煮をつくっているところだった。これに唐辛子を加えるのは、お静流である。

「ナス、大好きなんですよ」

「食べてるの見たら、わかるわよ」

と、お静は笑った。

「ヘタのところまで食べたいくらいだ」

「なに言ってるの魚之進さん。ナスのヘタは毒があるのよ」

「え」

「ヘタだけでなく、茎や葉っぱにもね」

「そうなんだ」

よくてんとう虫がナスの葉っぱを食べているのを見るけれど、あいつらは大丈夫なんだろうか。

「野菜とか豆って、気をつけないと毒があるのよ。けっこう怖いのはインゲンマメよ。あれは生のまま食べたらだめよ」

「そうなの」

「インゲンマメで完熟したのは金時豆とか言うでしょ。あれも乾燥したやつは嚙んで食べたら大丈夫と思うかもしれないけど、ぜったいに駄目よ」

「知らなかった」

「大豆だって、生は危ないんだからね」

「ナスもインゲンマメもふつうに食べてるものなのに」

「そうよね。だから、うちみたいに豆を扱っている店は、小さい子どもはぜったい店のほうには入らせないの。なんでも口に入れてしまうから」

「そうなんだ」

いままで知らなかった話である。

ふと、思いついて、

「まさか、ジャガタラ芋は？」

「ああ、ジャガタラ芋はもっと怖いわよ。芽が出るでしょ。あそこに凄い毒があるの」

「凄いって？」

「量にもよるけど、たぶん死んだりもするわよ」

「そうなんだ。もしかして、果実とかにも？」

「ああ、果実はタネを食べちゃ駄目とかは聞いたことがあるわよ」

「やっぱり……」

胸の奥で閃《ひらめ》いたことがある。その閃きに愕然《がくぜん》となった。

三人で夕飯を食べながら、

「父上、お訊きしたいのですが、有名な泥棒なんだけど死罪は免れ、いまも江戸で暮らしているというような者は、ご存じないですか?」

と、訊いた。好物のおかずを食べている気がしない。

「ああ、いるな。永代橋《えいたいばし》の巧助《こうすけ》ってのが」

「永代橋の巧助?」

魚之進は知らない。

「もう十年以上前だ。永代橋の向こうとこっちで交互に盗みを働いていたのでそう呼ばれたのさ。狙うのはもっぱら武家屋敷だった。盗みが発覚した分が、二、三十両ほどだったので、どうにか死罪は免れたが、なあに大名屋敷あたりからその数十倍の金を盗んでいたはずだよ」

もしかして、小伝馬町の牢にいる薬屋弁吉が、「こうさん」と呼ばれていたと言ったのは、その永代橋の巧助のことかもしれない。

「いまは？」

「霊岸島のお伊勢《いせ》さんの裏手に、二回りも若い女と暮らしてるよ。二年ほど前に道で会ったときは元気そうだった。まあ、それも盗んで貯《た》め込んである金のおかげだろうがな」

「お伊勢さんの裏ですか」

「行くのか？　案内しようか？」

「ええ」

食べ終わると、そそくさと立ち上がった。提灯に火を入れて魚之進が持った。

霊岸橋を渡ると、お伊勢さんこと別当慶光院伊勢大神宮《べっとうけいこういんいせだいじんぐう》まではすぐである。

この裏手で夜目にもこぎれいな長屋だった。棟割りでもなく、たぶんこの大きさだと、二間《ふたま》以上あるだろう。

奥まで入り、

「おい、巧助、いるかい？」

父の壮右衛門が声をかけた。

「どちらさんです」

女の声がした。

「以前の知り合いの月浦という者だがね」

「どうぞ」

腰高障子を開けた。

手前の部屋に、四十くらいの女が、立膝で煙草を吸っていた。

「隠居したけど、南町奉行所の月浦という者だ。こっちは倅《せがれ》だよ」

「こりゃ、どうも」

「巧助は出かけてるかい?」

「ずっとですよ。あの世にね」

女は寂しげに笑った。

「死んだのか?」

「先月ですよ。元気だったんですけどね。急に腹痛やら下痢がひどくなって、二晩ほど介抱したんですが、駄目でした」

「そうだったのか」

壮右衛門は魚之進を見た。

「変なものでも食ったのかい?」

魚之進が訊いた。

「どうですかね。よそで食ってきたんでね」

「よそで？　もしかして、それは昔の仲間とやっている会みたいなものかい？」

「昔の仲間なのか、ただ五右衛門鍋というのを食べる会みたいでしたよ」

「やっぱり」

と、魚之進は父を見た。

「どういうことだ？」

長屋を出るとすぐ、壮右衛門が訊いた。

「ええ、じつは……」

魚之進は、隙間風の佐吉のジャガタラ芋から始まった調べのことを、父の壮右衛門に話した。お城の毒殺のことは家族にも話せないが、この一件のことならいいだろうと判断した。

「なるほど。尾張さまがからむか」

「でも、互助会なんて大ウソですよ」

「狙いは？」

「毒を試してるんだと思います。どれくらいの毒なら、なにも気づかれずに死なせることができるかを」

話に出てきた泥棒たちが、このところずいぶん死んでいる。根津の伴次も、赤馬の金蔵も、そして永代橋の巧助。薬屋弁吉も、牢を出たらどうなるかわからない。

「相手が盗人なら、後ろめたさもねえか」

壮右衛門は顔をしかめて言った。

「まさか……」

「まさか、なんだ？」

「いや」

尾州家ゆかりの御仁が、将軍の暗殺を狙っている……？　中野石翁さまが洩れ聞いたというのは、尾張藩の話なのか……？　そして、北大路魯明庵こそが、その陰謀の中心にいる……？　そういえば、大奥では闇鍋をすることがあると八重乃が言っていた。それとつながるような話なのか……？

それはあくまで妄想の範囲なのだが、すべて腑《ふ》に落ちていくように思えて、魚之進は身体が震えるのを止めることができなかった。

本書は、講談社文庫のために書き下ろされました。

|著者| 風野真知雄　1951年生まれ。'93年「黒牛と妖怪」で第17回歴史文学賞を受賞してデビュー。主な著書には、「隠密 味見方同心」（講談社文庫・全9巻）、「わるじい慈剣帖」（双葉文庫）、「姫は、三十一」（角川文庫）、「大名やくざ」（幻冬舎時代小説文庫）、「占い同心 鬼堂民斎」（祥伝社文庫）などの文庫書下ろしシリーズのほか、単行本に『卜伝飄々』（文藝春秋）などがある。「耳袋秘帖」シリーズ（文春文庫）で第4回歴史時代作家クラブシリーズ賞を、『沙羅沙羅越え』（KADOKAWA）で第21回中山義秀文学賞を受賞した。「妻は、くノ一」（角川文庫）シリーズは市川染五郎の主演でテレビドラマ化された。本作は味見方同心新シリーズ、「潜入 味見方同心」第3作。

潜入《せんにゅう》 味《あじ》見《み》方同心《かたどうしん》㈢　五《ご》右《え》衛門《もん》の鍋《なべ》

風野《かぜの》真《ま》知《ち》雄《お》

講談社文庫
定価はカバーに
表示してあります

2021年2月16日第1刷発行

発行者――渡瀬昌彦
発行所――株式会社　講談社
東京都文京区音羽2-12-21　〒112-8001
電話 出版（03）5395-3510
販売（03）5395-5817
業務（03）5395-3615

デザイン―菊地信義
本文データ制作―講談社デジタル製作
印刷―――大日本印刷株式会社
製本―――大日本印刷株式会社

Printed in Japan

ISBN978-4-06-522414-4

講談社文庫刊行の辞

二十一世紀の到来を目睫に望みながら、われわれはいま、人類史上かつて例を見ない巨大な転換期をむかえようとしている。

世界も、日本も、激動の予兆に対する期待とおののきを内に蔵して、未知の時代に歩み入ろうとしている。このときにあたり、創業の人野間清治の「ナショナル・エデュケイター」への志を現代に甦らせようと意図して、われわれはここに古今の文芸作品はいうまでもなく、ひろく人文・社会・自然の諸科学から東西の名著を網羅する、新しい綜合文庫の発刊を決意した。

激動の転換期はまた断絶の時代である。われわれは戦後二十五年間の出版文化のありかたへの深い反省をこめて、この断絶の時代にあえて人間的な持続を求めようとする。いたずらに浮薄な商業主義のあだ花を追い求めることなく、長期にわたって良書に生命をあたえようとつとめるところにしか、今後の出版文化の真の繁栄はあり得ないと信じるからである。

同時にわれわれはこの綜合文庫の刊行を通じて、人文・社会・自然の諸科学が、結局人間の学にほかならないことを立証しようと願っている。かつて知識とは、「汝自身を知る」ことにつきていた。現代社会の瑣末な情報の氾濫のなかから、力強い知識の源泉を掘り起し、技術文明のただなかに、生きた人間の姿を復活させること。それこそわれわれの切なる希求である。

われわれは権威に盲従せず、俗流に媚びることなく、渾然一体となって日本の「草の根」をかたちづくる若く新しい世代の人々に、心をこめてこの新しい綜合文庫をおくり届けたい。それは知識の泉であるとともに感受性のふるさとであり、もっとも有機的に組織され、社会に開かれた万人のための大学をめざしている。大方の支援と協力を衷心より切望してやまない。

一九七一年七月

野間省一

講談社文庫 最新刊

岡本さとる
質屋の娘
〈駕籠屋春秋 新三と太十〉
色事師に囚われた娘を救い出せ！ 江戸で評判の駕籠《かご》舁き二人に思わぬ依頼が舞い込んだ。

風野真知雄
潜入 味見方同心㈢
〈五右衛門の鍋〉
大泥棒だらけの宴《うたげ》に供される五右衛門鍋。魚之進が鍋から導き出した驚天動地の悪事とは？

真保裕一
天使の報酬
〈外交官シリーズ〉
女子大学生失踪の背後にコロナウイルスの影。型破り外交官・黒田康作が事件の真相に迫る。

西村京太郎
仙台駅殺人事件
ホームに佇んでいた高級クラブの女性が姿を消した。十津川警部は入り組んだ謎を解く！

夏原エヰジ
Cocoon 3
〈幽世の祈り〉
鬼と化しても捨てられなかった、愛。コミカライズ決定、人気和風ファンタジー第3弾！

青柳碧人
霊視刑事夕雨子《ゆうこ》2
〈雨空の鎮魂歌《レクイエム》〉
あなたの声を聞かせて——報われぬ霊の未練を晴らす「癒し×捜査」のミステリー！

伊兼源太郎
巨悪
この国には、震災を食い物にする奴らがいる。東京地検特捜部を描く、迫真のミステリー！

上田岳弘
ニムロッド
仮想通貨を採掘するサトシ・ナカモトを巡る心地よい倦怠と虚無の物語。芥川賞受賞作。

神楽坂 淳
帰蝶さまがヤバい 2
織田信長と妻・帰蝶《きちょう》による夫婦《めおと》の天下取りのゆくえは？ まったく新しい恋愛歴史小説！

西尾維新
人類最強の純愛
人類最強の請負人・哀川潤《あいかわじゅん》は、天才心理学者・軸本《じくもと》みよりと深海へ！ 最強シリーズ第二弾。

講談社文芸文庫

庄野潤三
世をへだてて
突然襲った脳内出血で、作家は生死をさまよう。病を経て知る生きるよろこびを明るくユーモラスに描く、著者の転換期を示す闘病記。生誕100年記念刊行。

解説＝島田潤一郎　年譜＝助川徳是

しA16

978-4-06-522320-8

庄野潤三
庭の山の木
家庭でのできごと、世相への思い、愛する文学作品、敬慕する作家たち――著者のやわらかな視点、ゆるぎない文学観が浮かび上がる、充実期に書かれた随筆集。

解説＝中島京子　年譜＝助川徳是

しA15

978-4-06-518659-6

川瀬七緒　フォークロアの鍵
風野真知雄　隠密 味見方同心(一)〈くじらの姿焼き騒動〉
風野真知雄　隠密 味見方同心(二)〈干し卵不思議味〉
風野真知雄　隠密 味見方同心(三)〈幸せの小福餅〉
風野真知雄　隠密 味見方同心(四)〈恐怖の流しそうめん〉
風野真知雄　隠密 味見方同心(五)〈フグの毒鍋〉
風野真知雄　隠密 味見方同心(六)〈鵺《ぬえ》の闇鍋〉
風野真知雄　隠密 味見方同心(七)〈絵巻寿司〉
風野真知雄　隠密 味見方同心(八)〈ふふふの麩〉
風野真知雄　隠密 味見方同心(九)〈殿さま漬け〉
風野真知雄　潜入 味見方同心(一)〈恋のぬるぬる膳〉
風野真知雄　潜入 味見方同心(二)〈陰膳だらけの宴《うたげ》〉
風野真知雄　昭和探偵1
風野真知雄　昭和探偵2
風野真知雄　昭和探偵3
風野真知雄　昭和探偵4
カレー沢　薫　負ける技術
カレー沢　薫　もっと負ける技術〈カレー沢薫の日常と退廃〉
カレー沢　薫　非リア王
神楽坂　淳　うちの旦那が甘ちゃんで
神楽坂　淳　うちの旦那が甘ちゃんで2
神楽坂　淳　うちの旦那が甘ちゃんで3
神楽坂　淳　うちの旦那が甘ちゃんで4
神楽坂　淳　うちの旦那が甘ちゃんで5
神楽坂　淳　うちの旦那が甘ちゃんで6
神楽坂　淳　うちの旦那が甘ちゃんで7
神楽坂　淳　うちの旦那が甘ちゃんで8
神楽坂　淳　うちの旦那が甘ちゃんで9
加藤元浩　捕まえたもん勝ち！〈七夕菊乃の捜査報告書〉
加藤元浩　量子人間《クオンタムマン》からの手紙〈捕まえたもん勝ち！〉
梶永正史　銃の啼《な》き声〈潔癖刑事・田島慎吾〉
梶永正史　潔癖刑事　仮面の哄笑《こうしょう》
川内有緒　晴れたら空に骨まいて
神永　学　悪魔と呼ばれた男
岸本英夫　死を見つめる心〈ガンとたたかった十年間〉
北方謙三　汚名の広場
北方謙三　試みの地平線〈伝説復活編〉
北方謙三　抱影
菊地秀行　魔界医師メフィスト〈怪屋敷〉
桐野夏生　新装版 顔に降りかかる雨
桐野夏生　新装版 天使に見捨てられた夜
桐野夏生　新装版 ローズガーデン
桐野夏生　OUT(上)(下)
桐野夏生　ダーク(上)(下)
桐野夏生　猿の見る夢
京極夏彦　文庫版 姑獲鳥《うぶめ》の夏
京極夏彦　文庫版 魍魎《もうりょう》の匣《はこ》
京極夏彦　文庫版 狂骨《きょうこつ》の夢《ゆめ》
京極夏彦　文庫版 鉄鼠《てっそ》の檻《おり》
京極夏彦　文庫版 絡新婦《じょろうぐも》の理《ことわり》
京極夏彦　文庫版 塗仏《ぬりぼとけ》の宴《うたげ》—宴の支度
京極夏彦　文庫版 塗仏の宴—宴の始末
京極夏彦　文庫版 百鬼夜行—陰
京極夏彦　文庫版 百器徒然袋—雨
京極夏彦　文庫版 百器徒然袋—風
京極夏彦　文庫版 今昔続百鬼—雲
京極夏彦　文庫版 陰摩羅鬼《おんもらき》の瑕《きず》

2020年12月15日現在